NA ESTRADA DA BEATITUDE
& OUTROS TEXTOS CONTRACULTURAIS

EDUARDO BUENO

NA ESTRADA DA BEATITUDE

& OUTROS TEXTOS CONTRACULTURAIS

www.lpm.com.br

L&PM POCKET

COLEÇÃO 96 PÁGINAS

Coleção L&PM POCKET, vol. 1377

Texto de acordo com a nova ortografia.

Estas crônicas foram publicados no livro *Textos contraculturais* de Eduardo Bueno (2019).

Capa: Ivan Pinheiro Machado
Preparação: Mariana Donner da Costa
Revisão: Jó Saldanha

CIP-Brasil. Catalogação na publicação
Sindicato Nacional dos Editores de Livros, RJ

B941e

Bueno, Eduardo, 1958-
Na estrada de beatitude: & outros textos contraculturais / Eduardo Bueno. – 1. ed. – Porto Alegre [RS]: L&PM, 2025.
96 p. ; 18 cm. (L&PM POCKET ; 1377)

ISBN 978-65-5666-559-7

1. Crônicas brasileiras. I. Título. II. Série.

25-96406 CDD: B869.8
CDU: 82-94(81)

Meri Gleice Rodrigues de Souza - Bibliotecária - CRB-7/6439

Rua Comendador Coruja, 314, loja 9 – Floresta – 90.220-180
Porto Alegre – RS – Brasil / Fone: 51.3225.5777

Pedidos & Depto. comercial: vendas@lpm.com.br
Fale conosco: info@lpm.com.br
www.lpm.com.br

Impresso na Gráfica e Editora Pallotti, Santa Maria, RS, Brasil
Verão de 2025

Sumário

Apresentação

A estrada sem fim

Eduardo Bueno

Embora tudo pareça uma correnteza sem início ou fim, e nem meio, uma espécie, por assim dizer, de concretude abstrata, o fato é que cinquenta anos escorreram desde que esse rio passou em minha vida e em meu coração – o restante da anatomia – se deixou levar. Sim, meio século deslizou feito areia na ampulheta e 1975 virou, como uma página muito lida, um assombroso 2025. E não deixa de ser inquietante perceber que o mundo, que já não era grande coisa – embora com certeza parecesse então prenhe de utopias e sonhos lisérgicos –, deu uma boa piorada. A sorte é que cada recaída dessas atira uma nova luz sobre verdades imutáveis. E há de ser por isso que, não apenas cinco, mas sete décadas após lançar seu uivo lancinante, a geração beat ainda faz barulho. E não importa que não esteja mais na ordem do dia: os beats, afinal, sempre preferiram a desordem da noite e pegaram a estrada na contramão – em geral pelo acostamento.

Foi em fins do verão de 1975, com um sopro de outono já despetalando o roxo dos jacarandás e tingindo de dourado as folhas dos plátanos, que sentei num banco da Plaza San Martin, no coração de Buenos Aires, e li as primeiras páginas de *En El Camino*, a tradução em espanhol de *On the Road* publicada em 1959, na Argentina, e que só seria vertida para o português no Brasil em 1984, por minhas ineptas mas devotas mãos. A obra original de Jack Kerouac, escrita e reescrita profusamente entre 1948 e 1951 (apesar de ele próprio ter se encarregado de difundir a lenda de que escrevera tudo em apenas três semanas de abril de 1951), foi publicada nos Estados Unidos em setembro de 1957 – oito meses antes de eu vir ao mundo. Soa um tanto insólito perceber agora que, quando comecei a ler o livro, "apenas" dezoito anos se haviam passado desde o seu lançamento – e cinquenta já se escoaram desde que o li a primeira vez, e mais de quarenta desde que minha tradução ajudou a deflagrar a onda beat no Brasil. De fato, uma torrente sem fim – embora para mim, tivesse sido aquele o começo que ainda não terminou.

On the Road mudou minha vida de todas as formas possíveis. Não só porque foi graças ao livro que decidi fazer, em 1978, uma viagem que acabou me trazendo de carona de Nova York a Porto Alegre – numa sucessão de aventuras que, de certo modo, suplantou as de Jack e Neal (na medida em que estive em várias ruínas maias, astecas, toltecas, olmecas, incas, chimus e nazca – e, por conta da buliçosa experiência, acabasse mais tarde editando as cartas e diários dos conquistadores espanhóis e textos originais de astecas e maias) –, como pavimentou de vez a transição da minha carreira de jornalista para a de tradutor, depois editor e, anos mais tarde, para escritor.

Mas isso foi pouco perto das portas da percepção que se escancararam (foram, na verdade, arrancadas dos batentes) depois que traduzi o livro. Pois foi como "o tradutor brasileiro de *On the Road*", e não um mero fã e jornalista, que acabei sendo apresentado a Bob Dylan, em janeiro de 1990. E depois de conhecer Dylan, quem mais eu não poderia conhecer? Já havia me arriscado antes a visitar Lawrence Ferlinghetti na sua lendária livraria City Lights, em San Francisco, na Califórnia, em janeiro de 1980, ao longo da dita peregrinação dos Estados Unidos ao Brasil. Mas Ferlinghetti sempre foi uma espécie de santo – além de o santo padroeiro de todos os demais beats –, e não houve maiores complexidades na hora de encontrá-lo. Marcar uma visita a Allen Ginsberg, em outubro de 1992, em Nova York, também não chegou a configurar um feito prodigioso. Mas dar de cara com William Burroughs sempre foi teste para qualquer mente – e qualquer coração. Por pouco, não fiquei em recuperação, mas acabei passando com a nota mínima, e com vida, na cidade universitária de Lawrence, no Kansas, em maio de 1993.

É claro que jamais pude visitar Kerouac, morto em 1969, quando eu tinha onze anos – e ele nem se dignaria a me receber mesmo. Mas estive em sua casa natal, em Lowell, Massachusetts, em sua tumba, no cemitério local, e refiz muitos de seus passos, nos Estados Unidos e fora deles. Logicamente, nunca encarei Neal Cassady, que morreu um ano antes de Kerouac, nem embarquei em seu Magic Bus – sempre preferi fazer meus acid tests sozinho, na mata, e não na estrada da desolação que Neal transformou na via crucis e da qual visitou cada estação. Mas foi como se eu tivesse contado com ele o número de dormentes na linha férrea de Guanajuato, no coração desértico do México, onde fui dar com os costados, seguindo também os passos do mais desvairado dos beats.

Com certeza eu teria demonstrado algum receio se, por ventura ou desventura, viesse a me cruzar com o igualmente desvairado Gregory Corso, morto em 2001, e não creio que minha vida, tantas vezes ímpia e assolada por eventuais pensamentos sombrios, me concedesse a benção de me ver diante do luminoso Gary Snyder. Talvez por isso, jamais tenha encontrado, nem tentasse encontrar, aqueles dois então sobreviventes da geração beat (Snyder, venturosamente, ainda vive). Mas, pelo menos, dei um jeito de editar, pela primeira vez no Brasil, livros de ambos: *Gasolina e Lady Vestal*, de Corso, e *Velhos tempos*, de Snyder, foram publicados pela L&PM, em 1985.

Foi também pela mesma L&PM que, em março de 2019, veio a lume a coletânea *Textos contraculturais, crônicas anacrônicas e outras viagens*. O livro reúne não só as crônicas semanais que escrevi para o jornal *Zero Hora*, de Porto Alegre, entre novembro de 2017 e janeiro de 2019, como vários artigos, introduções e textos esparsos sobre Cristóvão Colombo, Hans Staden, Cabeza de Vaca e Bartolomé de las Casas, ecos daquela jornada que, depois da Califórnia, havia se tornado uma incursão pelas veias abertas da América Latina. Mas o cerne de *Textos contraculturais* com certeza eram as entrevistas com Ginsberg, Burroughs, Bukowski, Robert Crumb, Gilbert Shelton, Tom Wolfe e outros luminares da contracultura, além, é claro, de textos e ensaios sobre *On the Road*, Jack Kerouac e Neal Cassady.

É justamente essa parte de *Textos contraculturais, crônicas anacrônicas e outras viagens* que o leitor encontrará neste volume da *Coleção 96 páginas*, que publica excertos de obras maiores em formato pocket e com preço mais acessível. É um prazer renovado flertar outra vez com a alma beat e percorrer de novo a estrada da beatitude.

Mantenho no YouTube o canal Buenas Ideias, com quase dois milhões de inscritos e 200 milhões de views, e sou constantemente abordado nas ruas. Mas há um tipo de "fã" – bem mais homens do que mulheres, é forçoso admitir (na medida em que sempre parece ter havido uma pegada misógina no movimento beat) – diferente daqueles que gostam da maneira, digamos, "descontraída" com a qual abordo a história do Brasil. De alguma forma, os olhos deles brilham mais. E não são poucos os que, dentre esses, seguram minhas mãos – por vezes as duas –, me encararam nos olhos e se dizem gratos pelo efeito que a obra dos tais "beatniks" provocou em seus corações e mentes. Não há motivo para duvidar, portanto, que a tocha segue adiante – setenta anos depois das obras originais, meio século após minha epifania num banco de praça portenho e mais de quarenta depois dos nove meses em que estive mergulhado em cada palavra, cada sílaba, cada vogal colorida pela tresloucada pena de Jack Kerouac.

Assim, e por isso, mesmo nesses tempos de horrores e incertezas – com aquela espécie de cosplay de Doritos na presidência dos Estados Unidos, eleito pela própria democracia que ele afrontou, conspurcou e despreza, e com o Brasil tendo escapado de raspão de sofrer um novo golpe de Estado, cujo propósito era restaurar uma ditadura militar (ditadura essa que, embora já moribunda quando *On the Road* foi lançado pela editora Brasiliense, em fevereiro de 1984, ainda exalava seu hálito fétido) e apesar também dos desastres climáticos cada vez mais frequentes, do negacionismo reinante e do rosnado audível da cadela do fascismo –, a mensagem dos beats vive e uivando.

Sempre me julguei uma espécie de lobo solitário – mas, quando estou no topo de uma montanha e um luar gélido prateia minhas melenas, lembro que faço parte de uma alcateia. E uivo para a lua – *howwwllll...* Que esse grito possa ecoar nas páginas que se seguem.

Porto Alegre, verão de 2025

TEXTOS CONTRACULTURAIS

O pianista do cassino abandonado

Um encontro com o poeta Lawrence Ferlinghetti, na lendária livraria City Lights, em San Francisco, no alvorecer de uma nova era de conservadorismo na América. Só que ela foi no início dos anos 80.*

Em janeiro de 1980, escapando do inverno rigoroso que se esparramava pelas planícies desabrigadas da América do Norte, tomei o rumo do poente e, vencendo a barreira das Rochosas em freeways vorazes que rasgavam as montanhas, despenquei no fervilhar febril da Califórnia – suas palmeiras agitadas pelo vento cálido, casas com varandas elegantes, conversíveis rabo de peixe, lanchonetes reluzindo esverdeadas em neon.

Em San Francisco arrumei uma cama numa pensão barata que pertencia a uma daquelas seitas religiosas estilo Jim Jones**: uma campainha estridente soava às 7h30, era preciso levantar, fazer a cama e varrer o quarto antes de sair,

---

* Texto escrito em outubro de 1984 e publicado como apresentação do livro *Um parque de diversões da cabeça*, lançado pela coleção Alma Beat, naquele mesmo mês e ano.

** Jim Jones foi um pastor evangélico norte-americano, criador da famigerada seita People's Temple Christian Church Full Gospel (Templo dos Povos: Igreja Cristã do Evangelho Pleno), fundada em San Francisco, Califórnia, em 1959. Em 1974, Jones e seus seguidores transferiram-se para a Guiana e lá, numa fazenda, depois de ameaçado por uma missão enviada pelo Congresso dos Estados Unidos, ele se suicidou, induzindo seus 909 seguidores (dentre os quais 304 eram crianças) a fazerem o mesmo, em 17 de novembro de 1978.

no máximo até às 8h. O estabelecimento então fechava as portas e só as reabria às 19h. Quem não estivesse dentro até às 22h, dormia na rua. Mas pelo menos o pernoite custava só dois dólares e, levantando tão cedo, havia tempo de sobra para girar pela cidade que fora a capital dos beats e o lar dos hippies. Assim, logo no segundo dia, decidi dar uma chegada na lendária City Lights.

Foi uma longa caminhada desde as colinas da Haight Street, do lado do Golden Gate Park, até os baixios da Columbus Avenue, em North Beach, onde a livraria nasceu e permanece. O bar Vesúvio de um lado, a fachada triangular da editora que ajudou a mudar a consciência da América, do outro. Arredores um tanto sórdidos: bares com shows de topless, casas de massagem, estúdios de tatuagem, bazares de quinquilharias japonesas etc. Entrei e, de imediato, num frêmito de audácia, solicitei um encontro – breve, é claro – com o poeta que fundara e ainda dirige a City Lights: Lawrence Ferlinghetti.

Instantes depois fui autorizado a passar para a parte "íntima" da livraria: uma saleta no segundo andar, que a escritora italiana Fernanda Pivano (autora de bons livros sobre os beats) descreveu como "um semissótão com uma mesa sepultada sob um monte caótico de cartas, jornais e documentos; emblemas antinucleares espalhados pelas paredes, um mural repleto de cartas dos amigos estradeiros". Um lugar histórico no qual, segundo Jack Kerouac, os subterrâneos vinham fumar seus baseados no início dos 50's. No início dos 80's, a cena quase não se modificara – embora, naquela hora, não houvesse ninguém fumando um.

De jeans, camisa de flanela xadrez de lenhador canadense, botas rústicas, ali estava ele, Ferlinghetti – sorridente ao lado de três garotas lindas, olhar safado beatífico, rosto queimado pelo sol, barba grisalha. Sabedoria e vigor aos sessenta anos. ("Porra, esse sujeito é mais velho que meu pai", pensei instantaneamente.) Apesar da origem italiana, mais parecia um irlandês ativo e empreendedor – daqueles que bebem uísque no gargalo e aparecem trabalhando na construção de estradas de ferro em filmes B sobre o Oeste Selvagem. Era difícil associá-lo ao homem que escrevera os poemas sutis surreais de *Pictures of the Gone World* (seu primeiro livro, 1955). Era fácil identificá-lo como o poeta satírico de *Christ Climbed Down* e *Autobiography*.

Conversamos por alguns instantes. Falei que era brasileiro, que estava percorrendo os Estados Unidos (com uma mochila absurdamente pesada: 33 quilos, com uma dúzia de livros de capa dura dentro) e que me interessava pelo espírito de rebelião que impulsiona boa parte da criação artística dos Estados Unidos – de Walt Whitman a Bruce Springsteen, uma tradição de rebeldia que inclui o próprio Ferlinghetti. Perguntei-lhe se tinha algum roteiro, texto, lugar ou visão para sugerir. Ele sorriu, enigmático. Respondeu um tanto amargurado: "Ronald Reagan será eleito presidente deste país, dentro de alguns meses. Onde está a rebelião?".

Insisti e perguntei: "Onde posso encontrar um pouco da velha alma da América?". Ele ficou pensativo, com o olhar distante. Afagou aquela barba de Hemingway do Velho Oeste e sugeriu, melancólico: "Tente as montanhas".

Já tentei o exílio, o silêncio e a esperteza.

Parafraseando James Joyce, em seu longo poema *Autobiografia*, Ferlinghetti definiu alguns limites das atitudes que tomou para manter-se incólume, intocável como um digno representante dessa tradição de rebeldia que nasce com Whitman, Thoreau e Melville, desemboca nas letras de Bob Dylan e vive hoje, por exemplo, nas canções de Bruce Springsteen (basta ouvir o LP *Born in the USA*). O exílio. O silêncio. A esperteza.

Ferlinghetti já foi preso e processado. Seus livros, juntos, venderam quase dois milhões de exemplares. Mesmo perseguida pelo establishment, sua editora foi considerada a mais importante dos Estados Unidos nos anos 60. Poetas do porte de Neruda e Yevtushenko declararam-se seus admiradores. E ele jamais deixou-se fisgar. Continua um sujeito simples, de jeans surrados, tão desleixado quanto Homero, seu galgo afegão com os pelos cheios de nós e cheiro pouco atraente. Tão largado como a velha pick-up vermelha, anos 60, com para-lamas amassados e portas frouxas, que mantém estacionada em frente à livraria.

Diz que ignora quando ou onde nasceu: "entre Paris e Nova York, em 1919 ou 20".* Só sabe que o nascimento se deu pouco depois da morte do pai, que era italiano e anarquista. Com seis semanas, Lorenzo (como o chamam os amigos italianos, e como o chamou Kerouac, em *Os vagabundos iluminados*) foi levado para a França e criado lá por uma tia. Aos seis anos, mudaram-se para Nova York e, dois anos depois, a tia sumiu de repente. Adotado por uma família francesa, ele descobriria, anos mais tarde, que a tia morrera num hospital, como indigente. Durante a guerra alistou-se na Marinha ("mas já era pacifista o suficiente para não disparar um só tiro") e, depois dela, foi estudar pintura em Paris, na Academia de Belas-Artes (seus poemas estão repletos de citações e visões típicas de um pintor).

Em 1951, Ferlinghetti retornou aos Estados Unidos e se estabeleceu na Califórnia, "único lugar no país onde

---

* Apesar de ele mesmo nunca ter colaborado plenamente para a elucidação dos fatos, sabe-se agora que Lawrence Monsanto Ferlinghetti nasceu no dia 24 de março de 1919, em Yonkers, próximo a Nova York. Seu pai morreu semanas antes de seu nascimento e sua mãe foi internada numa instituição psiquiátrica um mês mais tarde, de modo que o bebê foi mandado para a França, onde vivia uma de suas tias.

se podia levar uma vida decente". No mesmo ano, criou a livraria City Lights que, em 1955, se transformaria em editora ao lançar *Pictures of the Gone World*, dele próprio. No mesmo ano, surgiu *Uivo*, de Allen Ginsberg, apreendido pela polícia sob acusação de "obra obscena". Depois de um julgamento tumultuado, o livro foi liberado e vendeu de imediato 360 mil exemplares, consagrando Ferlinghetti como um dos editores mais atentos e sensíveis da nação. E sua carreira de poeta prosseguia com o mesmo sucesso, graças ao lançamento em 1958 de *Coney Island of the Mind**, considerado seu melhor livro e que, ao longo dos anos, venderia mais de 500 mil exemplares.

Na época, em entrevista ao *Chicago Review*, Ferlinghetti definiu o livro como um exemplo de "poesia andarilha": "Os poetas estão abandonando as salas acadêmicas para sair às ruas e fazer poesia falada, baseada nos olhos e nos ouvidos".

Na primeira parte de *Coney Island of the Mind*, este "circo de alma", ou parque de diversões da cabeça, aparecem poemas curtos, surreais, alquímicos. As influências são flagrantes: Apollinaire, e.e. cummings, Ezra Pound, T. S. Eliot e, sobretudo, William Carlos Williams. Ali estão os objetos comuns poetizados: molas de colchão, lâminas de barbear usadas, velhos ventiladores a ranger no teto, pontas de cigarros nas elevadas do metrô; a gíria do dia a dia; os acontecimentos banais transformados por uma súbita explosão surrealista; a prosódia americana, o som da língua falada instantaneamente capturado.

A parte seguinte, *As mensagens orais*, se constitui de longos poemas mutantes jazzísticos – mais afeitos aos recitais em bares enfumaçados do que à página escrita. É uma tradição tipicamente beat e bastante californiana,

* *Coney Island of the Mind* foi publicado no Brasil pela L&PM com o título *Um parque de diversões da cabeça* e ainda está em catálogo.

responsável pela suprema fusão beat + bop, que redundou na chamada jazz poetry dos anos 50, da qual os poetas Kenneth Rexroth e Kenneth Patchen são famosos representantes. O próprio Ferlinghetti gravou seus poemas e gosta de remeter seus leitores ao disco lançado pela gravadora Fantasy em 1957: *Kenneth Rexroth / Lawrence Ferlinghetti Poetry Readings In The Cellar, with the Cellar Jazz Quintet.* O livro se encerra com os melhores poemas de *Pictures of the Gone World*, que remete a pequenos quadros de Dalí, pintados com as tintas de Apollinaire.

Lawrence Monsanto Ferlinghetti continua gostando dos recitais ao som de jazz ou rock. Uma das raras oportunidades que o público brasileiro teve de vê-lo em ação foi no filme *The Last Waltz*, de Martin Scorsese, que registra a despedida do admirável The Band, o conjunto que durante anos acompanhou Bob Dylan (um concerto grandioso, que o próprio Lawrence definiu como "uma espécie de celebração *post mortem* da euforia dos 60's"). No intervalo da apresentação de superstars como Eric Clapton, Neil Young, Joni Mitchell e o próprio Dylan, Ferlinghetti subiu ao palco – logo após Michael McClure ter recitado os *Contos de Canterbury*, num inglês arcaico, ancestral, quase incompreensível – e, como se fosse um pastor protestante, metido numa camisa sem golas e com chapéu-coco, rezou um Pai-Nosso às avessas ("*Thykingdom come and gone/Thy will willl be undone/On Earth, as it isn't heaven...*") que, em vez de terminar com "Amém", encerrava-se com um suspiro profundo e satírico "Ah, man...". A plateia jovem delirou.

No início dos anos 70, o ultrarreacionário J. Edgar Hoover, famigerado criador do FBI, acusou Ferlinghetti – mais Allen Ginsberg e Jane Fonda –, de "desequilíbrio mental", assegurando que suas atividades levavam "ao enfraquecimento moral da nação". Em 1975, porém, a prefeitura de San Francisco reconhecia o trabalho do poeta--editor ao estabelecer no calendário cultural da cidade o

Lawrence Ferlinghetti Day. Ele, porém, permanece intocável. Incólume, sorridente, entre garotas, na salinha do segundo andar, ao fundo da editora. Tão desleixado como Homero. Largado como a velha pick-up, estacionada do lado de fora da livraria, esperando para conduzi-lo uma vez mais às montanhas de Big Sur.

Para o exílio. Para o silêncio. Para a esperteza.

Foi também em montanhas silenciosas que Leonardo Fróes (em Petrópolis, RJ) e eu (em Gramado, RS) traduzimos com devoção e fervor esses poemas de Lawrence Ferlinghetti, numa tentativa de aproximar o leitor brasileiro da obra do homem que um dia escreveu: "Sou um pianista/ num cassino abandonado/numa colina à beira-mar/em meio ao espesso nevoeiro/mas sempre a tocar".

Uivo de Ginsberg é a voz da América

Um encontro com o poeta Allen Ginsberg em seu apartamento, em Nova York, ao final duma longa era de conservadorismo nos Estados Unidos, no início dos anos 90.

O velho televisor Maxwell 1957, de pés palito e tela ovalada, fica num canto da saleta do apartamento de dois quartos, sob um guardanapo de crochê e um vaso de flor. Foi nele, entre chuviscos e distorções – e em preto e branco, é claro –, que o poeta Allen Ginsberg acompanhou a vitória do democrata Bill Clinton nas eleições presidenciais de 3 de novembro de 1992. Apesar de sua relativa repulsa aos políticos em geral, extensiva ao próprio Partido Democrata, Ginsberg festejou com algum entusiasmo a vitória do candidato que, segundo ele, "mais se aproxima dos ideais libertários dos anos 60". Mais do que os predicados de Clinton, porém, o que o maior poeta americano vivo estava de fato celebrando era o "fim do período neomacarthista" instaurado com o início da Era Reagan, em 1980, e acrescido de uma sobrevida de quatro anos com a vitória de George Bush em 1988.

Aos 66 anos, Ginsberg talvez simbolize como nenhum outro artista norte-americano vivo "os ideais libertários dos anos 60" – cujos fundamentos ele e seus companheiros da geração beat ajudaram a forjar em plenos anos 50. Judeu, comunista, homossexual e "maconheiro", Allen Ginsberg concentrou em torno de sua figura frágil e gorducha as principais categorias desviantes das regras de bom comportamento – pelo menos de acordo com os padrões doentiamente puritanos da Era McCarthy, renascida com Nixon, Reagan e Bush.

Horrorizado, o poeta deparou, em plenos anos 80 e 90, com o ressurgimento da censura, o recrudescimento da "caça às bruxas", o crescimento de um combate às drogas que não faz distinções entre substâncias químicas inteiramente distintas entre si, como cocaína e maconha, e um cerco crescente às liberdades individuais. De repente, era como se todas as conquistas da década de 60 tivessem se desmanchado no ar. Mesmo com todo o ceticismo que anos de luta política lhe concederam, Ginsberg considera Clinton o presidente capaz de amenizar o avanço do "stalinismo soft" que, de acordo com o poeta, apoderou-se dos Estados Unidos nos últimos doze anos.

Herdeiro direto e dileto da poesia panteísta e ecumênica de Walt Whitman (1819-1892) – como ele, um bardo barbudo –, ex-secretário do poeta William Carlos Williams (1863-1963), autor do extraordinário poema *Howl*, um uivo rascante de dor e de êxtase, que mudou os rumos da poesia norte-americana (e mundial) em fins da década de 50, agitador cultural e ativista político incansável, místico por natureza e budista por opção; músico, fotógrafo, cineasta e agente literário nas horas vagas, "inimigo público número 1 da CIA e do FBI", Ginsberg enfrentou todas as barreiras interpostas entre ele e o mais alto posto no panteão dos poetas norte-americanos – lugar que hoje, indiscutivelmente ocupa, ao lado de Whitman e Ezra Pound.

Allen Ginsberg levou a poesia para a rua, para os campi, para os campos. Allen Ginsberg, filho de pais comunistas, foi posto para a rua de Cuba e da Tchecoslováquia. Tentou levitar o Pentágono, para "exorcizá-lo de todo o mal", encarou a polícia nas rebeliões estudantis de Chicago, consumiu ayahuasca no Peru, dançou com os aborígenes na Austrália, meditou no Tibete, jejuou na Índia, consagrou-se na Europa, exilou-se em Tânger e percorreu a América real com seu coração surreal. Allen Ginsberg, o poeta itinerante, é um cidadão do mundo. Ele arrancou as luvas brancas da poesia e levou-a para labutar nos guetos e nas sarjetas da desolação. "O mundo é uma montanha de merda. Se quisermos mudá-lo, temos que sujar as mãos", foi o que ele disse. "Vi as melhores cabeças de minha geração destruídas pela loucura", foi o que ele cantou.

Ginsberg mora em Nova York, em um apartamento na 12th Street, entre a 1st Avenue e a Avenue A, compartilhado com o também poeta Peter Orlovsky – com quem há 28 anos mantém um sólido casamento. O televisor antiquado, mais do que um objeto vintage, ou do que um fascínio pela moda fifties, revela despojamento zen e pobreza franciscana. Foi na sala deste apartamento banhada pelo sol do outono americano, um dia após o concerto que comemorou grandiosamente os trinta anos da carreira de seu amigo Bob Dylan, que Allen Ginsberg – de calças pretas vincadas com corte clássico e uma convencionalíssima camisa social branca – recebeu-me para uma conversa de três horas, cujos principais momentos estão a seguir.

A poesia de Walt Whitman – sem dúvida a maior influência de sua obra – cantava uma América sublime, libertária, viçosa, quase virgem. A sua poesia, ao contrário, fala uma América pervertida, repleta de rancores e frustrações, com rios poluídos e montanhas sem eremitas, políticos corruptos e hospícios lotados. O que houve no meio do caminho?

Houve o desmoronamento de um sonho, a falência de um país, a tragédia política e moral mais absoluta do nosso tempo. A América – ou melhor, os Estados Unidos, que são apenas uma parte da América, apesar de terem se apoderado deste nome repleto de som e significado – tem-se comportado como uma criança arrogante que, criada com todas as regalias, apenas dilapidou o patrimônio da família e recusa-se agora a aceitar a sua própria decadência. Outra metáfora que tenho usado com constância para definir a atual situação dos Estados Unidos é a do alcoólatra que está de porre, acaba de servir-se de um novo drinque e não está disposto a ouvir menções ao próprio vício. A violência, a decadência física e mental, a dependência – tudo serve para definir o que o consumo, a hipocrisia e a arrogância fizeram da América idílica de Whitman e Thoreau.

Você está se referindo especificamente à América da Era Reagan?

A Era Reagan, e a sua continuação natural, o governo Bush, adquiriram algumas características conservadoras bem similares ao período macarthista. E exacerbaram alguns dos mais sinistros aspectos da queda da América [*The Fall of America* é o título do livro de Ginsberg que recebeu o *National Book Prize Award* em 1974]. Eram sinais menos explícitos nos governos Kennedy ou Carter, por exemplo. De qualquer forma, a América dos pais fundadores, de Thomas Jefferson e Benjamin Franklin – o único gênio que já presidiu um país –, a América dos transcendentalistas, de Herman Melville e de Emerson, esta dançou muito antes. É apenas uma imagem cujo clarão permanece silhuetado em nossas mentes. A América de hoje, como disse o poeta Robert Duncan, é uma represa de dor.

A troca de presidente não poderá modificar este estado das coisas?

Evidentemente Bill Clinton é um sujeito muito menos conservador, reacionário e arrogante do que George Bush. Ele jamais promoveria o incremento da censura, nem estimularia a postura escandalosa do National Endowment for the Arts*, que passou a considerar pornografia qualquer tipo de nu. Clinton não incentivaria a invasão de domicílios pela polícia à procura de cinco gramas de maconha. Nem cercearia as liberdades individuais ou faria passar no Congresso uma lei como a que foi proposta pelo senador Jesse Helms, proibindo a difusão pelo rádio e pela TV de tudo que é "indecente" – sem se preocupar em definir o que é "indecência". Bill Clinton por certo há de ter seus defeitos, mas é quem mais se aproxima dos ideais libertários dos anos 60.

De que forma esse quadro político influenciou a produção artística dos Estados Unidos?

A produção artística americana, de modo geral, submeteu-se a esta situação sem maiores reações. O cinema, especialmente por causa de suas implicações industriais e do poder das grandes produtoras, se tornou um veículo a serviço da ideologia da Era Reagan. Há exceções, é claro – mas insuficientes para conter esse avanço do conservadorismo. Na poesia, apareceram até alguns idiotas dispostos a ressuscitar a rima, como se a rima em si pudesse significar alguma coisa. A literatura em geral também me parece um

* National Endowment for the Arts é a agência federal norte-americana criada pelo Congresso dos Estados Unidos, em 1965, durante a administração Lyndon Johnson, para "promover a arte e a excelência artística". Ronald Reagan fez tudo a seu alcance para acabar com ela desde o momento em que assumiu a Casa Branca, em 1980. Em 1989, a controvérsia aumentou depois que os senadores Jesse Helms e Pat Buchanan forçaram a proibição de uma mostra do fotógrafo Robert Mapplethorpe, tida como "herética, pornográfica e anticristã" e que recebera financiamento da NDA. A exposição acabou sendo realizada com o apoio financeiro da Washington Project for the Arts (WPA), organização privada sem fins lucrativos. Eleito em novembro de 2016, o governo Trump já tentou cancelar inúmeras vezes as verbas destinadas à NDA, mas o Congresso as manteve.

tanto estagnada, apesar da obra estimulante de gente como Paul Auster.

A influência da geração beat terá se esvaído?

Não há dúvida de que, em certa medida, a influência dos beats arrefeceu. Mas veja, o movimento já tem quase meio século! Passaram-se quatro décadas desde que Jack Kerouac escreveu *On the Road*, William Burroughs lançou *Junkie* e meu poema *Howl* foi publicado depois de uma ampla polêmica judicial. Nossa mensagem foi captada pelos Estados Unidos. A princípio pelos rebeldes e malditos, em seguida pelo próprio establishment. Ajudamos a modificar a face e a consciência da América, isso é certo. De alguma forma, influenciamos todos os poetas e escritores que vieram depois. Influenciamos Bob Dylan – e Bob Dylan mudou o mundo.

Você esteve ontem no monumental concerto em homenagem aos trinta anos de carreira de Dylan, no Madison Square Garden. O que achou da festa?

Enfim se começa a fazer justiça ao imenso legado musical e poético de Bob Dylan. Toda a constelação de estrelas pop estava lá no Madison Square Garden para prestar-lhe tributo. Mas, por parte da crítica – e do próprio público, de alguma forma –, ainda não existe o reconhecimento total daquilo que Dylan realmente significa, de todas as barreiras que rompeu e do universo poético que ele ampliou, difundiu e popularizou. Dylan atingiu a plenitude daquilo que buscávamos ao tentar fundir poesia e jazz, na Costa Oeste, na década de 50. Suas músicas, suas letras, a forma como ele as canta, tudo faz o mais absoluto sentido. Creio que ele é o maior artista que jamais conheci. Acho que a mídia deve estar esperando que ele morra para enfim descobrir o quão genial ele era. Mas Bob ainda tem muita vida pela frente.

Voltando à geração beat; quais foram, na sua opinião, as maiores conquistas do movimento?

O movimento beat não foi apenas uma escola literária que concretizou plenamente os seus objetivos estéticos e suas propostas artísticas, além de torpedear velhas regras retóricas. O movimento beat foi também uma espécie de escola filosófica, com uma ampla e ecumênica proposta ética e moral. Na minha opinião, a principal conquista beat foi a fusão de instâncias até então tidas como contrárias: Ocidente/Oriente, branco/negro, mente/corpo, terra/céu. Misturamos tudo – com sucesso, quero crer. De alguma maneira, forjamos uma nova imagem dos Estados Unidos. Não é pouca coisa para um bando de desajustados, é?

No Brasil, recentemente, o movimento estudantil rearticulou-se, voltou às ruas e ajudou a derrubar o presidente. Você participou de algumas das maiores manifestações de protesto da História: na Convenção Democrata em Chicago em 1968 e naquela delirante tentativa de fazer levitar o Pentágono, no mesmo ano. Que lembrança você guarda desses episódios?

Eles foram, de certa forma, dois dos primeiros momentos nos quais a influência da filosofia oriental manifestou-se maciçamente entre a juventude dos Estados Unidos. Em Chicago, cantamos o mantra OM – a sílaba mágica da religião hindu – durante seis horas à frente de 22 mil policiais. Em Washington, à frente do Pentágono, havia ainda mais policiais, e nós fizemos uma corrente meditativa realmente poderosa. De qualquer forma, a mais importante consequência desses dois episódios foi que todo o país, e o mundo, puderam ver que os Estados Unidos eram um Estado policial e repressivo, e não mais o Lar dos Bravos e a Terra da Liberdade, se é que algum dia o foi.

Ao que tudo indica você também considera Cuba um Estado policial, já que chegou a ser expulso de lá em janeiro de 1965...

Bem, na verdade, naquela ocasião, houve excessos de parte a parte. Cuba estava vivendo uma situação terrivelmente tensa – e eu não quis nem saber: simplesmente chutei o pau da barraca. De qualquer forma, minhas reivindicações em defesa dos homossexuais e das religiões afro-caribenhas estavam corretíssimas, tanto naquela época como agora. Fidel Castro sem dúvida é um líder carismático e popular. Mas é um ditador e, como tal, obcecado pelo poder.

Qual de seus poemas você considera o melhor?

Acho que *Kaddish* é uma realização plena. À medida que os anos passam, minha tendência é considerá-lo minha obra-prima.

Qual você julga ter sido sua maior contribuição à poesia norte-americana?

Para além de minha própria obra, guardo um orgulho: ajudei a resgatar a obra de Walt Whitman, considerado um caipira pelos críticos na década de 50. Sua atual consagração popular é uma honra para mim.

O bandoleiro da literatura

Um encontro com o escritor William Burroughs, regado a vodca com Pepsi-Cola, às 9h da manhã, em uma lanchonete em Lawrence, no Kansas, em pleno coração desértico dos Estados Unidos.

Ao contrário de Holcomb, a cidadezinha onde Truman Capote exumou os cadáveres da família Clutter, no clássico *A sangue frio*, Lawrence não se localiza em "um canto desolado do Kansas que os outros habitantes do estado chamam de 'lá longe'". Cidade universitária e entreposto estratégico na época da conquista do Oeste, Lawrence se ergue na porção oriental da extensa e ondulosa planície do Kansas, quase na fronteira com o Missouri. Não está longe de Topeka e de Kansas City, os principais núcleos urbanos dessa região agropastoril, que brota no exato coração geográfico dos Estados Unidos.

O visitante que chega a Lawrence depara com duas cidades distintas. A primeira é aquele típico aglomerado norte-americano de beira de estrada: apenas uma longa sequência de postos de gasolina, motéis baratos, neons imensos e outdoors maiores ainda, tudo alinhado sob o rumor incessante do tráfego voraz que parece ter pressa para chegar a lugar nenhum. Há bandeiras com estrelas e estrias tremulando entre os silos. Uma vaca de plástico maior que o maior dos caminhões. A pradaria brotando ao final de cada estreita esquina. *Middle America, corn belt, Bible belt at it's core*: quer dizer, a América em sua essência, o cinturão do milho, o cinturão da Bíblia. Em outras palavras, um território meio perigoso e eventualmente hostil.

A outra Lawrence, mais recôndita e mais aprazível, às margens do barrento rio Kansas, fica ao norte da Interstate 70, a estrada que rasga sem dó o coração da grande planície americana. Trata-se de uma paisagem de cartão-postal dos anos 50: casas vitorianas de alpendres rebuscados e janelas ovaladas, sombras cambiantes sob carvalhos solenes, caixas de correio ao sol do Meio-Oeste. Um bom cenário para Norman Rockwell, caso ele ainda vivesse e pintasse. Um bom lugar para criar as crianças.

Lawrence, com sua alma bipartida de cidade esquizofrênica, poderia ser tudo, menos o local que William Seward Burroughs, o rebelde definitivo, um bandoleiro das letras, o mais indômito dos escritores norte-americanos, algum dia escolheria para morar. No entanto, é justamente lá, nesse ícone apaziguado de cidadezinha fronteiriça, que Burroughs foi se meter. E o caso parece sério: o bravo Bill chegou em 1981 e continua sem dar sinais aparentes de tédio ou desilusão pela escolha implausível. Pelo contrário: revela-se "encantado" pela atmosfera modorrenta do Meio-Oeste, pelo clima seco e doméstico de Lawrence.

Na verdade, ao contrário do que possa parecer, trata-se de uma escolha meticulosamente coerente, dentro da incoerência radical que sempre regulou os passos, os anseios e a obra de Bill Burroughs. Onde o sujeito que circulou pela atmosfera cosmopolita e inquieta de Nova Orleans, que viveu os anos mitológicos de Tânger, que curtiu o *bas-fond* de Paris na década de 40, de Nova York nos anos 50 e de Londres nos loucos e balouçantes anos 60 poderia terminar seus dias? Ora, em Lawrence, no Kansas. Longe da badalação, longe do *jet set*, longe da fama e longe dos fãs. Perto de sua própria lenda.

William S. Burroughs começou a forjar sua lenda em maio de 1950 ao partir para o México, aos 39 anos, deixando para trás uma vida aos escombros. Nascido em Saint Louis, no Missouri, em 5 de fevereiro de 1914, neto do inventor da máquina de somar, filho de uma família abastada e herdeiro de uma fortuna fabulosa, William foi educado em Harvard e criado para dirigir o império industrial da família. Como alguns parentes mais zelosos e os vizinhos mais intrometidos não tardariam a diagnosticar, ele não era exatamente o tipo talhado para a tarefa. De alguma forma, o garoto parecia possuir aquela conjunção de características típicas do sujeito "que não vai dar em nada". Até 1950, William deu em menos do que nada.

Viciado em heroína desde 1944, preso em Nova York em 46, no Texas em 47 e em Nova Orleans em 49, demitido de uma série aparentemente interminável de empregos improváveis (dedetizador, arquivista, revisor), homossexual constantemente envolvido em casos escandalosos, Burroughs acabaria sendo deserdado legalmente daquela linhagem de calculistas meticulosos. Ao chegar ao México na primavera de 50, estava no fundo do poço. Alguns meses mais tarde, deu um jeito de chegar mais baixo: ao entardecer de 6 de setembro de 1951, depois de um dia inteiro de beberagem, decidiu brincar de Guilheme Tell com sua companheira, Joan Vollmer. Colocou um copo na cabeça da mulher e disparou a pistola. Errou o copo. Acertou a testa. E matou Joan.

A morte de Joan Vollmer foi, de certa forma, o renascimento de Bill Burroughs. Primeiro, ele começou a escrever suas memórias sórdidas. Lançado em 1952 sob o pseudônimo de William Lee, *Junkie* é o mais devastador retrato do submundo das drogas jamais publicado. Lacônico, sintético, brutal, o livro, ainda assim, não permitiria adivinhar as surpresas desestabilizadoras que a futura carreira literária de Burroughs reservava para o mundo das letras.

Ao fugir do braço nem sempre tão longo da lei, Bill foi dar com os costados em Tânger, no Marrocos, em 1954. Lá, junto com Paul Bowles, ajudou a forjar a reputação da cidade como uma espécie de Meca dos escritores malditos. Foi no norte da África, sob o sopro do siroco (o vento quente e seco que sopra do Saara, enfeitiçando Tânger), que Burroughs escreveu aquela que permanece sendo sua obra maior: *Almoço nu* – uma estação no inferno, sem passagem pelo purgatório, a *Divina Comédia* da geração beat.

O mundo acadêmico e os críticos convencionais precisaram de apenas uns vinte anos para perceber que Burroughs simplesmente fora capaz de capturar o pesadelo das drogas pesadas e transformá-lo em literatura de vanguarda: incisiva, formalmente indômita, semanticamente inovadora. O equivalente em prosa de uma pintura de Bosch refeita por Jackson Pollock. Foi Jack Kerouac quem deu o título ao livro: ele e Burroughs tinham acabado de comer um frango. Jack olhou para os ossos empilhados no prato e disse: "Olha aí o almoço nu". O resto, é lenda. *The Naked Lunch* virou clássico.

Apesar das evidentes ressonâncias árabes do nome, não se serve frango na Casbah, um café vegetariano que fica na Massachusetts Street, quase esquina com a 9th Street, bem no centro histórico de Lawrence. Trata-se de um espaço encantador, mescla de galeria de arte e loja de artesanato indígena com casa de espetáculos e restaurante naturista. Foi esse o lugar que James Grauerholz, secretário particular, editor e amigo íntimo de William Burroughs há mais de vinte anos, escolheu para o encontro com o escritor.

Não que Burroughs seja propriamente um vegetariano, ou que goste de frequentar lugares públicos – de fato, a verdade é justamente o contrário. Mas também é verdadeiro o fato de que Burroughs envolve sua casa/escritório, localizada em algum lugar nos subúrbios de Lawrence, num clima altamente restritivo. Pouca gente entra lá – e os que o fazem, às vezes levam um bom tempo até sair.

Foram dois meses de negociações até que o encontro – marcado para as 9h de um sábado, 29 de maio de 1993 – enfim se realizasse. E pontualmente às 9h daquela luminosa manhã de primavera, Bill Burroughs entrou na saleta localizada no segundo andar da Casbah. Chegou sozinho, apoiado numa bengala, mas num estado físico surpreendente para alguém que, como ele, experimentou todas as drogas e sobreviveu para descrever os efeitos.

Burroughs parece mais alto do que de fato é – ele tem cerca de 1 metro e 75 – simplesmente porque exibe uma magreza espantosa, quase esquelética. Mas o que mais impressiona em sua figura é a pele: esticada nas maçãs das faces e no nariz, enrugada no pescoço e na testa, ela é translúcida, quase transparente, revelando veias muito azuis e carne em tons macilentos. Suas olheiras são proverbiais, mas os olhos cinza-azulados preservam uma chama inesperada que refulge ardente em intensidade e vibração – ainda que seja difícil manter qualquer contato visual com William Burroughs: o foco de sua visão parece concentrar-se no chão, como se ali houvesse uma espécie de verdade bíblica transcendental, que apenas ele consegue vislumbrar.

Quando o velho e lendário Bill abre a boca, porém, o impacto é muito superior ao de qualquer avaliação meramente física ou visual. Burroughs tem uma voz amedrontadoramente suave; nasal e profunda, paternal, mas remota; monocromática e, com certeza, hipnótica. Você pergunta e ele responde de imediato. Mas o jogo não é tão simples assim: suas palavras parecem adquirir eco próprio, múltiplas ressonâncias, significados convexos – e na hora mais imprópria. Ali está você tentando engrenar a, digamos, quarta pergunta quando, de repente, a resposta da segunda começa a voltear em sua mente. Burroughs parece absolutamente consciente do efeito que sua prosa melíflua tem sobre o interlocutor. É como se seus lábios brancos, finos feito cicatriz, disfarçassem permanentemente a miragem de um sorriso de mofa.

William Burroughs está bem ali, mas não está nem aí. Ou quem sabe esteja, de sua própria e inigualável maneira. Ele veste um terno cinzento rajado de listras azul-escuras. Usa camisa cinza, gravata azul-marinho, chapéu de feltro. Parece um ministro batista pronto para pregar seu evangelho herético e sua ética evanescente. Ele continua sendo o tio esquisitão, um fantasma no armário, o fora de lei do mundo acadêmico.

Quando não está encarando fixamente o chão, Bill mira a ponta de metal de sua bengala. Fuma cigarros sem filtro obcecada, quase obscenamente: uma carteira de Camel vai durar apenas duas horas. E ele logo pede vodca com Pepsi-Cola, antes das 10h da manhã. Como duvidar de que se trata de uma versão turbinada do que jocosamente se convencionou chamar "*the breakfast of champions*", o lendário desjejum dos campeões?

Foi em Lawrence, a mil anos luz das demências de Tânger e das picadas de Nova Orleans, que conversei com William Burroughs por duas horas que me pareceram inesgotáveis. Aos 79 anos, lúcido e sardônico, detalhista e enigmático, o mais maldito dos escritores falou sobre sua obra, suas pinturas, suas drogas e sua vida – hoje tão bucólica. Diz que atualmente prefere pintar do que escrever (embora continue escrevendo) e não parece nem um pouco disposto a falar sobre seus velhos amigos beats. Recusou polidamente o convite para vir ao Brasil e assegurou que quer viver até os cem anos. Quem o vê, é incapaz de duvidar.*

Parece impossível começar uma conversa com o senhor em pleno Kansas sem perguntar o que o levou a se mudar para cá depois de ter vivido em alguns dos lugares mais mitológicos do mundo – e exatamente na época em que eles estavam no auge de sua fama. Por que cargas d'água o senhor veio parar em Lawrence?

---

* William Seward Burroughs não viveu até os cem anos, como planejava. Morreu no dia 2 de agosto de 1997, em Lawrence, vitimado pelas complicações resultantes de um ataque cardíaco sofrido no dia anterior. Ele tinha 83 anos. Está enterrado em sua cidade natal, Saint Louis, no Missouri, ao lado do enorme obelisco que sinaliza o túmulo de seu avô, o inventor da máquina de somar, também chamado William Seward Burroughs.

Nasci aqui perto, no Missouri. Sempre gostei da amplitude dos horizontes do Kansas. Você enxerga tão longe nas planícies que só mesmo um idiota não perceberia que a Terra é redonda. Lawrence é uma cidade universitária, simpática e generosa. Outros escritores já viveram aqui antes de mim – e foram felizes. Decidi abandonar Nova York em 1975 porque a cidade estava se tornando cada vez mais cara e insuportável. Ao longo do tempo todos esses lugares que você chamou de "mitológicos" vão se tornando progressivamente caros e insuportáveis. Tornam-se cidades perfeitas para aquele tipo de gente que chega sempre atrasada. Turistas, por exemplo.

Essa mudança tão radical de cena provocou alguma transformação na sua obra? O senhor escreveu seus livros mais famosos em lugares bem mais agitados do que Lawrence...

Estou aqui desde 1981. São doze anos, portanto. Escrevi seis livros desde então. É bastante, não é? Eram livros que já estavam dentro de mim, de modo que a atmosfera de Lawrence influiu pouco neles. Talvez *O gato por dentro,* minha penúltima obra, tenha um pouco mais a ver com a cidade: o livro fala do comportamento de três de meus cinco gatos e do intercâmbio digamos telepático que mantenho com eles. Agora acabo de terminar o primeiro de dois volumes de cartas que pretendo publicar em breve. Preparo também um livro de sonhos – esse também há de ter alguma relação com Lawrence. Mas, para dizer a verdade, desde que moro aqui tenho me dedicado mais à pintura do que à literatura.

Seu interesse pela pintura é antigo. O senhor considera sua técnica nesta arte tão inovadora quanto na literatura?

Diria que sim. Atualmente tenho me dedicado mais às gravuras em metal, às aquarelas e às colagens. Mas, durante boa parte da década de 80, pratiquei *shotgun painting* – uma técnica que, acredito, fui o único a utilizar até agora.

***E o que vem a ser exatamente* shotgun painting?**

O nome é autoexplicativo, de certa forma. Eu colocava uma tábua de encontro à parede e uma lata de tinta a óleo em frente a ela. Me afastava uns dez passos e disparava minha espingarda de dois canos contra a lata. O tiro libera as cores de uma forma absolutamente imprevisível, bastante incomum. A textura da madeira ferida pela bala, e a seguir recoberta pela cor, sempre me pareceu muito estimulante.

O senhor continua apaixonado por armas?

Oh, sim, sem dúvida. Tenho várias. Sou particularmente apaixonado por meu Colt 45 e pelo meu Smith & Wesson, também 45.

Pretende usá-los em alguma outra espécie de experimento?

Não creio. Mas gostaria de usá-los em cães que ladram, talvez. Ou em visitantes inconvenientes.

Sua ligação com as armas tem algo a ver com sua longa ligação com as drogas?

Oh, não, de forma alguma. Mas as armas, como as drogas, são parte inevitável da vida. Ambas já me serviram bastante nos meus projetos de expansão dos níveis normais de consciência. Mais as drogas do que as armas, por certo.

Basta ler seus livros para saber de que forma as drogas contribuíram na sua elaboração. A pergunta mais óbvia, porém, é saber como o senhor sobreviveu a elas...

Para usar drogas é importante saber tudo sobre elas. Mentalizar sua estrutura molecular e pulverizar seus possíveis malefícios. Também é fundamental trocar de droga de quando em quando – e na hora certa. E é preciso ter controle sobre cada uma de suas próprias células. Pouca gente está preparada para desfrutar do que as drogas podem oferecer.

O que achou da versão cinematográfica de* The Naked Lunch, *dirigida por David Cronenberg?

Adorei, cara. Muitos quiseram filmar o livro – todos, menos David, desistiram. Nunca imaginei que alguém pudesse fazê-lo. Os méritos são todos de David.

O senhor trabalhou com o dramaturgo Bob Wilson, com os compositores Tom Waits e Laurie Anderson, com o cineasta Gus Van Sant. Qual dessas experiências o estimulou mais?

Todas elas, para dizer a verdade. Cada uma a seu modo, é evidente. Bob Wilson é um tanto quanto perfeccionista demais. Tom é o sujeito mais *cool* que jamais conheci. Laurie é ótima também – ela sempre me pareceu uma espécie de Susan Sontag musical. O trabalho com Gus em *Drugstore Cowboy* foi muito divertido. Espero que ele me convide para atuar novamente. Gostaria de fazer o papel de vendedor de seguros.

Há alguém com quem gostaria de trabalhar e com quem ainda não colaborou?

Oh, sim. Com Jackson Pollock – mas ele está morto, como você sabe. A literatura está pelo menos cinquenta anos atrás da pintura. E nenhum escritor, nem mesmo Joyce ou Beckett, chegou até onde Pollock levou sua arte. É lá que eu gostaria de chegar.

A longa e tortuosa estrada profética

Um breve mergulho na mística de *On the Road*, o livro clássico de Jack Kerouac, responsável pelo surgimento da geração beat, lançado nos Estados Unidos em 1957 e publicado no Brasil quase trinta anos depois.*

Pouco antes da meia-noite de 4 de setembro de 1957, Jack Kerouac e Joyce Johnson, a jovem escritora com quem ele estava vivendo, saíram do apartamento dela no Upper West Side, em Nova York, para esperar, numa banca de jornal na esquina da 66th St. com a Broadway, pela edição do dia seguinte do *The New York Times.* Kerouac fora alertado por seu editor que o romance *On the Road*, que escrevera havia quase dez anos, mas só então era publicado, seria comentado pelo mais prestigiado jornal americano.

Sob a luz difusa de um poste, Jack e Joyce folhearam avidamente as páginas do *Times* até depararem com a crítica. Assinada por Gilbert Millstein, dizia: "*On the Road* é o segundo romance de Jack Kerouac, e sua publicação é um evento histórico, na medida em que o surgimento de uma genuína obra de arte concorre para desvendar o espírito de uma época. [...] É a mais belamente executada, a mais límpida, e se constitui na mais importante manifestação feita até agora pela geração que o próprio

* Texto escrito como prefácio para a reedição brasileira de *On the Road – Pé na estrada*, publicada pela L&PM.

Kerouac, anos atrás, batizou de beat e da qual o principal avatar é ele mesmo".

Estava deflagrado o mito de *On the Road*. Mito em vários sentidos da palavra: 1. relato passado de geração em geração; 2. alegoria, fábula; 3. afirmação inverídica, inventada.

Como Millstein previa, *On the Road* estava destinado a se tornar o que *O sol também se levanta*, de Ernest Hemingway, fora, duas décadas antes, para a chamada Geração Perdida – embora o livro de Kerouac viesse a influenciar muitas gerações além de sua própria e muitas mais do que o clássico de Hemingway. Mas *On the Road* iria se transformar também numa espécie de livro-prisão para Jack Kerouac e passaria a ser designado por chavões do tipo "bíblia hippie", sendo vinculado, desde o advento daquele movimento, aos mais variados e desvairados desatinos cometidos na década de 60.

A lenda em torno de *On the Road* se inicia, de certa forma, justamente a partir da resenha do *The New York Times*. O episódio, narrado em detalhes por Joyce Johnson em seu livro *Minor characters* ("Personagens coadjuvantes") – no qual ela ainda conta que, após ler a crítica, Jack ficou sacudindo a cabeça "como se não conseguisse compreender por que não estava tão feliz quanto deveria" –, foi utilizado também para abrir a introdução que Ann Charters, a mais famosa das biógrafas de Kerouac, fez para a edição lançada pela Penguim Books em 1997, no quadragésimo aniversário da publicação de *On the Road*.

Apesar de saber exatamente o que se passou após a publicação da resenha do *Times* (já que escreveu amplamente sobre isso em seu *Kerouac – Uma biografia*), Charters preferiu ignorar os acontecimentos posteriores em sua introdução comemorativa. Afinal, o que ocorreu não se enquadra na lenda de *On the Road*, embora (ou talvez por isso mesmo) esteja profundamente ligado à realidade da obra. O livro não foi aclamado da noite para o dia, nem era, na opinião de Kerouac, o retrato mais fiel de sua geração nem de seu trabalho.

A resenha de Millstein – tão similar à resenha que, cinco anos mais tarde, Robert Shelton escreveria no mesmo *NY Times*, catapultando Bob Dylan num piscar de olhos da obscuridade para a fama (e não deixa de ser uma ironia que o talento de artistas como Kerouac e Dylan tenha precisado do aval do *Times* para ser plenamente reconhecido) – foi publicada numa terça-feira, escrita por um jornalista freelancer durante as férias do crítico titular. No domingo seguinte, 10 de setembro de 1957, numa edição cuja tiragem e índice de leitura costumavam ser quase o dobro dos das terças, o articulista David Dempsey – chefe de Millstein – decidiu também resenhar o livro.

Apesar de achar a obra "altamente legível e divertida", Dempsey lastimava que *On the Road* não tivesse "nenhuma moldura mais ampla dentro da qual seus personagens pudessem se desenvolver". Depois de comparar Kerouac desfavoravelmente a Thomas Wolfe e Saul Bellow, Dempsey mostrou-se ofendido pelo fato de, ante "tanto sexo, adultério e abuso de drogas", o autor "demonstrar um ponto de vista moralmente neutro".

Era só o começo: uma semana mais tarde, a 17 de setembro, a revista *Time*, em tom severo e paternal, acusou Kerouac de estar "dando fundamento à explosiva juventude que, de um canto ao outro do país, se agrupa em torno de *jukeboxes* e se envolve em arruaças sem motivo em plena madrugada". Se não foi capaz de se livrar da pecha de subliterato – que lhe seria imposta por críticos obtusos após o lançamento de *On the Road* e ainda o é –, Kerouac enfrentaria problemas ainda maiores por causa da cruzada moral que se ergueu contra ele. E nem todo o reacionarismo e azedume direitista dos últimos anos de sua vida seriam capazes de "redimi-lo" perante a grande associação de pais e mestres que é a América conservadora.

Mas não restam dúvidas de que, logo após o lançamento de *On the Road*, Kerouac tornou-se uma celebridade. "Após ler a resenha", é ainda Joyce Johnson quem relembra, "Jack foi dormir no anonimato pela última vez. Quando o telefone nos despertou na manhã seguinte, ele era famoso." O que se iniciava, no entanto, era uma espécie de calvário. Daquele dia em diante, Jack teria de responder milhares de vezes o que significava a palavra beat – e ele sempre o fazia com elipses, hipérboles e vertigens que frustravam os repórteres e irritavam os editores.

Durante o boom publicitário que cercou o lançamento do livro – e que jamais voltou a se repetir para Kerouac –, ele ajudou a propagar alguns dos mitos que envolvem *On the Road*. Mais de meio século depois, o principal deles mantém-se virtualmente intacto: Jack espalhou que havia escrito o livro em apenas três semanas. Entrevistado no programa de Steve Allen, um dos talk-shows mais famosos da TV americana, ele garantiu que havia passado "sete anos na estrada" e levara apenas "três semanas para escrever tudo". O apresentador, sardônico, rebateu afirmando que, se por acaso passasse três semanas na estrada, precisaria de sete anos para escrever o livro...

A versão original de *On the Road* de fato havia sido escrita entre 9 e 27 de abril de 1951 num rolo de papel para telex – e agora é conhecida como *The original scroll* –, num total de quarenta metros ininterruptos de prosa em espaço um, sem parágrafos, com Kerouac aditivado por doses colossais de benzedrina, suando uma camiseta atrás da outra, datilografando como um alucinado doze mil palavras quatorze horas por dia, movido por aquilo que o poeta Lawrence Ferlinghetti certa vez chamou de "febre onívora de observação".

Mas, ao longo dos longos e terríveis anos em que o original foi sendo recusado por uma editora após a outra, Kerouac o reescreveu inúmeras vezes. Além disso, quando a Viking Press enfim decidiu lançar o livro, forçou Jack a suprimir cerca de 120 páginas. Outras tantas, o próprio editor, Malcolm Cowley, se encarregou de cortar (além de incluir "milhares de vírgulas inúteis", segundo Kerouac). Por isso, sua "prosa espontânea" praticamente inexiste na presente versão de *On the Road*, embora tenha se materializado em outros livros, especialmente *Visões de Cody*, lançado postumamente, e no próprio *Manuscrito original*, publicado nos Estados Unidos no ano do cinquentenário do lançamento original.

On the Road, de todo modo, é o mais lendário e o mais famoso, embora talvez não seja o melhor, dos 23 livros que Jack Kerouac escreveu em 47 anos de vida. O posto bem poderia ser ocupado por *Visões de Cody* – também dedicado a Neal Cassady, o Dean Moriarty de *On the Road*. Redigido em 1951 e publicado em 1971, *Visões de Cody* resume e apreende todo o esforço de Kerouac em modular os contornos de sua "prosa espontânea" e remete ao *On the Road* original, antes de sua submissão às "sugestões" dos editores da Viking ("Eles queriam uma estrada destituída de todas as curvas", disse Kerouac anos depois, ao passo que seu desejo era "percorrer a tortuosa estrada profética de William Blake").

Em ambos os livros, Kerouac empenhou-se em forjar uma nova prosódia, capturando a sonoridade das ruas, das planícies e das estradas dos Estados Unidos, disposto a libertar a literatura norte-americana de determinadas amarras acadêmicas e de um certo servilismo a fórmulas europeias (ou europeizantes). Ao fazê-lo, introduziu o som na prosa – antes e melhor do que qualquer outro romancista de sua geração. Suas frases repletas de vogais – muitas delas presentes em *On the Road*, apesar da tesoura dos censores (e das limitações de uma tradução) – têm uma rima interna insidiosa e envolvente, de forma que várias passagens se assemelham a longos poemas em prosa jogados, quase perdidos ou desperdiçados, em meio à fluidez aquosa do texto.

O livro traz também ressonâncias de Jack London (em especial do vigoroso conto chamado justamente *The Road*), de Mark Twain (em *Huckleberry Finn*), de Herman Melville (em *O vigarista*), de John dos Passos (na trilogia *USA*), e, acima de tudo, de Walt Whitman em seu magistral poema *Canto da estrada aberta.* Em certo sentido, portanto, Kerouac não estava impondo, nem propondo, uma total inovação, mas a retomada de uma trilha genuinamente norte-americana, já percorrida por autores que ele admirava.

O mais irônico é que ele desenvolveu seu estilo – o estilo beat por excelência: laudatório, verborrágico, impressionista, vertiginoso, incontido, "espontâneo", repleto de sonoridade, de gíria, de coloquialismo e de aliterações – não a partir de fontes literárias clássicas, mas com base nas cartas quase iletradas que recebeu de Neal Cassady, o delinquente juvenil que, no capítulo um de *On the Road*, vem procurar Kerouac para aprender "a ser escritor".

Ao transformar Cassady no herói de *On the Road* (e de *Visões de Cody*), Kerouac acabou por condená-lo ao papel de eterno coadjuvante. Embora tenha se tornado uma figura maior do que a vida (o motorista sem limites do mais desvairado ônibus da história, aquele que conduziu Ken Kesey, os Merry Pranksters e o Grateful Dead pelas estradas dos Estados Unidos para a realização de Acid-Tests antes que o LSD fosse proibido), ao morrer de insolação, com o corpo repleto de barbitúricos e tequila, ao lado dos trilhos de trem no México, em fevereiro de 1968, Neal Cassady não havia conseguido se tornar um escritor. Seu legado verbal sobrevive na obra de Kerouac.

De todo modo, não seriam Neal Cassady nem *Visões de Cody*, mas Jack Kerouac e *On the Road*, o autor e o livro que moveram montanhas. O fôlego narrativo avassalador, o imaginário protopop, o frescor libertário, o fluxo ininterrupto de sua avalanche de palavras, imagens, promessas, ofertas, visões e descobertas acabaram por tornar *On the*

Road exatamente aquilo que o chavão define como "a bíblia de uma geração".

A questão é que tal geração se multiplicou em muitas. Bob Dylan fugiu de casa depois de ler *On the Road*. Chrissie Hynde, dos Pretenders, e Hector Babenco, de *Pixote*, também. Jim Morrison fundou The Doors. No alvorecer da década de 90, o livro levou o jovem Beck a tornar-se cantor, fundindo rap e poesia beat. Jakob Dylan, filho de Bob, deixou-se fotografar ao lado da tumba de Jack em Lowell, Massachusetts, como o próprio pai fizera, vinte anos antes. Em 1992, Francis Coppola (o produtor), Gus Van Sant (o diretor) e Johnny Depp (o ator) envolveram-se numa filmagem nunca concretizada do livro – e, apesar da diferença de idade, os três compartilham o mesmo fervor reverencial pela obra. Cerca de vinte anos mais tarde, em 2012, Walter Salles e o roteirista José Rivera enfim conseguiram, com produção da American Zoetrope de Coppola, levar *On the Road* para as telas, com Garrett Hedlund, Sam Riley e Kristen Stewart, todos ainda na casa dos vinte anos de idade, nos papéis principais.

Na verdade, se a explosão hippie dos anos 60 for interpretada como uma consequência indireta de *On the Road* – o que não constitui um exagero –, nenhum livro do século XX terá deflagrado uma revolução sociocomportamental maior do que a obra de Kerouac.

De todo modo, *On the Road* foi a glória e a danação de Jack Kerouac. O livro primeiro misturou-se e em seguida engoliu a figura de seu autor. Para milhares de leitores, Sal Paradise (sad paradise?), o personagem, e Jack Kerouac, o escritor, passaram a ser a mesma pessoa. Isso na melhor das hipóteses, pois inúmeras vezes julgavam que Jack fosse Dean Moriarty. Embora seja uma obra de ficção, todos os personagens e acontecimentos de *On the Road* são reais: Carlo Marx, por exemplo, é o poeta Allen Ginsberg (1926-1997), autor de *Uivo*; Old Bull Lee é William Burroughs

(1914-1997), autor de *Almoço nu*; Camille é Carolyn Cassady, mulher de Neal, amante de Jack e autora do livro de memórias *Off road*.

De qualquer forma, as ligações de Kerouac com o budismo, seu crescente conservadorismo, suas guinadas literárias, seu vasto projeto autobiográfico ("a saga de Duluoz", como ele a batizou), seus devaneios cristãos, o experimentalismo de *Visões de Cody*, as sutilezas fugidias de seu primeiro livro (*Cidade pequena, cidade grande*, de 1947), tudo foi arrastado pela enxurrada de *On the Road*.

A fama tornou-se um fardo para Kerouac, e os estereótipos da geração beat o perturbavam e ofendiam. Fora ele quem havia dado ressonância e expandira o significado da palavra beat, que escutara pela primeira vez na boca de Herbert Huncke, marginal homossexual que fazia ponto na Times Square, Nova York, e que aparece brevemente nas páginas de *On the Road* sob o nome de Elmer Hassel.

Para Huncke, beat definia um estado de "exaltada exaustão". Mas Kerouac logo percebeu as múltiplas ressonâncias da palavra, que significa simultaneamente "batida" (no sentido do ritmo musical), "porrada" (no sentido de golpear), "abatido" ou "exausto" (*beated*), "batimento cardíaco" (*heart beat*), "cadência do verso", "trajeto" ou "trilha", "furo" (no sentido jornalístico), "pilantra" ou "aproveitador" e até "botar o pé na estrada" ("*beat the way*", expressão, aliás, muito usada por outro Jack, o London), além de conter, também e acima de tudo, o radical de "beatitude" – que foi o que realmente despertou Jack para a sonoridade do vocábulo ao qual ele se vincularia pelo resto da vida.

"Sou um estranho e solitário católico louco e místico", disse certa vez. Era mesmo. Os peregrinos religiosos russos, os poetas zen do Japão, os místicos católicos, como São João da Cruz e Santa Teresa, os andarilhos americanos Henry David Thoreau e John Muir – eis os homens aos quais Kerouac queria ser comparado. "Não conheço nenhum hippie", afirmou certa vez. "E eles pensam que eu sou um motorista de caminhão."

Jack Kerouac morreu em outubro de 1969, depois de anos sentado no sofá vendo programas de auditório na TV da casa de sua mãe (com quem morou a vida inteira), barrigudo, alcoólatra e reacionário, afastado de seus companheiros da geração beat, odiando cada cabeludo americano e se perguntando o que, afinal, havia de errado com *On the Road*. Sabendo-se quem de fato era Kerouac, não é difícil entender por quê.

Amar, trabalhar e sofrer

Norte-americano de origem franco-canadense, católico praticante, educado em um colégio jesuíta, fixado na figura da mãe (a *memère*), tímido, introspectivo, generoso, gentil, desajustado e angelical, Jean Louis Lebris de Kerouac – o *Ti Jean* (ou Pequeno Jean) – nasceu em Lowell, Massachusetts, em 12 de março de 1922. Conforme seu pai, a família era descendente de celtas da Cornualha que "muito antes de Cristo" tinham se mudado para a Bretanha e lá, como prova de nobreza, obtiveram um brasão em cujo lema se lia: "*Aimer, Travailler et Souffrir*" – amar, trabalhar e sofrer.

Por volta de 1750, os então Kernuaks receberam uma concessão de terras no Canadá, onde vários descendentes da família casaram-se com índios Mohawk e se dedicaram ao cultivo de batatas. Em 1880, o avô paterno de Jack imigrou para os Estados Unidos. Como muitos franco-canadenses antes e depois dele – vários dos quais descendentes dos primeiros exploradores da América do Norte –, Jean-Baptiste de Kirouack foi tratado como um estrangeiro indesejável. Afinal, não passava de um *blanc nègre*, um "branco negro", pois a posição social dos chamados "canucks" não era muito diferente daquela dos escravos recém-emancipados. Interessante observar que, muitos anos depois, e justo em 1957, ano da edição original de *On the Road*, o jornalista e escritor Norman Mailer, num ensaio que se tornou clássico, definiria os primeiros hipsters como *white negros*.

Até os seis anos, Jack Kerouac só falava o *joual* – o dialeto franco-canadense –, e isso talvez explique não apenas sua permanente sensação de rejeição, sua postura marginal, como também sua paixão latina pelas vogais numa terra protestante obcecada pelas consoantes. Antes da consagração de *On the Road*, Jack fracassara em tudo na vida. E nesse "tudo" é preciso incluir, além de quase uma dezena de bicos e profissões, os seis livros que escreveu entre 1951 e 1956 sem conseguir ver publicados – conforme registrou numa carta encolerizada, redigida em um cubículo na Cidade do México em fins de 1956, enviada ao amigo John Clellon Holmes:

"O que tenho eu? Tenho 35 anos. Uma ex-mulher que me odeia e que gostaria de me ver na cadeia. Uma filha que nunca vejo. Um bolso vazio. Minha própria mãe, após todos esses anos de labuta e lágrimas, ainda rala o rabo numa fábrica de sapatos. E eu não tenho um só centavo, nem para uma puta que preste. Maldito seja! Filho da puta! Às vezes penso que a única coisa que está pronta para me aceitar é a morte. Nada nesse mundo parece me querer, ou lembrar-se de mim. Sabe o que acho dessa vida desprezível? Vou abandonar essa história de romances épicos e tentar concentrar meu talento – se é que tenho algum – no que quer que não seja escrever. O que sei é que existem apenas dor e desespero aguardando por nós todos, especialmente por mim. Sou o mais solitário escritor da América, e vou lhe dizer por quê: porque escrevi seis longos romances desde março de 1951 e nenhum deles foi aceito até agora, agora, AGORA!"

Poucas semanas depois, *On the Road* era enfim aceito pela Viking. Foi publicado um ano depois – e, quase por acaso, aclamado pelo *The New York Times.* Mas Kerouac, que já começava a alimentar sentimentos dúbios em relação ao livro, ficou quase indignado com a situação, pois tinha se sujeitado às mudanças propostas pelos editores.

Apesar dos problemas trazidos pela fama, ele obteve o dinheiro de que tanto necessitava e pôde dar continuidade ao projeto literário que se constituía basicamente na vertigem irrealizável de recapturar toda a história de sua infância – cada detalhe, cada visão, cada lembrança, num espasmo proustiano embalado em benzedrina. Depois de mergulhar na vasta empreitada, que batizou de "a saga de Duluoz" (por causa do personagem autobiográfico Jack Duluoz), Kerouac praticamente esqueceu-se de *On the Road.* Ou melhor, gostaria de ter podido esquecer. Toda e qualquer resenha de seus livros posteriores a *On the Road* invariavelmente os comparava ao "original" – sempre desfavoravelmente.

Os autores contemporâneos que mais influenciaram Jack Kerouac foram Thomas Wolfe e William Saroyan, integrantes de uma tradição americana altamente individualista. Ao longo de sua jornada autoral, Jack foi se tornando cada vez mais intimista, a ponto de escrever grandes livros (alguns com mais de quatrocentas páginas, como *Visões de Cody* e *Some of the Dharma*) sem nenhum *plot,* sem enredo preestabelecido. Seu plano era deixar a própria persona expressar-se livremente, entregando-se à descrição detalhista da paisagem suburbana (e *underground*) norte-americana, numa versão tardia (mas pré-pop) da escrita automática dos surrealistas, um *stream of counciousness* (ou fluxo de consciência) mais facilmente compreensível por quem desfrutou de alucinógenos como maconha, mescalina e peyote.

Ainda assim, ao longo dos anos, ele se afastaria diametralmente da imagem de *outcast,* de rebelde doidão, deixando de ser um *white negro* para votar em Richard

Nixon, encharcar-se de vinho barato, condenar a marijuana e o LSD e romper com todos os ex-companheiros beats, tachando-os de "comunistas".

Kerouac entregou primeiro a sanidade e depois a vida ao longo e doloroso processo de desenvolver e aprimorar seu estilo parentético: a descrição minuciosa dos desvãos de sua memória o forçava a escrever frases que, cada vez mais, abandonavam (quando não implodiam) a ordem natural da sintaxe, de forma que ele pudesse parti-las ao meio, introduzindo parênteses que se prolongavam por todo um parágrafo, ou digressões repletas de adjetivos (às vezes cinco por substantivo), que impediam o período inicial de chegar ao fim ("tenho implicância com pontos finais") a não ser após várias páginas de reminiscências e desvios de rota aparentemente delirantes.

Como se não bastasse esse anseio conceitual, ele teve uma espécie de *satori* ("o súbito despertar" budista) ligado ao som das palavras e, desde o manuscrito original de *On the Road*, tentava fazer com que suas frases soassem como um solo de sax de Charlie Parker, ao som do qual escrevera a primeira versão do livro.

Com o tempo, seu intelecto mergulhou num oceano de sonoridade e harmonia melodiosa que o afastou progressivamente do significado formal das palavras. Kerouac escrevia para ser lido em voz alta (e ninguém o fazia melhor do que ele) – num tom celebratório e panteísta diretamente derivado da poesia de Walt Whitman. Mas o estilo telegráfico, jornalístico e eficiente de Ernest Hemingway havia estabelecido outros padrões para a prosa norte-americana. Kerouac tornou-se, involuntária mas decididamente, sua antítese. Pagou caro por isso. "*That isn't writing; it's typewriting*" ("Isto não é literatura: é datilografia"), declarou Truman Capote com mordacidade letal.

No entanto, toda uma legião de escritores, artistas, cineastas, dramaturgos e músicos – a geração que se multiplicou em muitas – seria profundamente influenciada pelo estilo e pelas visões de Jack Kerouac. Difícil imaginar a obra de Sam Shepard, de Bob Dylan, de Charles Bukowski, de Jim Morrison, de Lou Reed, de Tom Wolfe, de Bret Easton Ellis, de Joni Mitchell, de Wim Wenders, de Hunter Thompson, de Neil Young, de Jim Jarmusch, de Jay Mclnerney, de Beck, de Bono, de Tom Waits, de Gus Van Sant, de Bob Wilson, de Walter Salles sem *On the Road*. Todos eles, de uma forma ou de outra, pagam tributo à franqueza fluídica e generosa do católico louco e místico que viu a luz nos trilhos e trilhas da América.

À medida que o novo século avança, as conquistas literárias de Jack Kerouac revelam-se cada vez mais plenas. Ao tirar a literatura do escritório e jogá-la na estrada e na sarjeta, nos atalhos e nos becos, Kerouac vinculou-se à venerável tradição dos "romances em movimento", como *Dom Quixote*, de Cervantes, e *O peregrino*, de John Bunyan, esforçando-se para capturar o espírito nômade dos velhos pioneiros americanos, partindo do "Leste da minha juventude para o Oeste do meu futuro" – só que, em vez de carroções, usando um Cadillac (quase roubado). Ou deixando o dedão apontar o caminho.

Jack Kerouac seguiu o sol na rota do poente. Como Huckleberry Finn a oeste do Mississippi. Como Francis Parkman na Trilha do Oregon. Como John Muir em busca do Yosemite. Como Walt Whitman, celebrando a "estrada aberta". Como, na verdade, a própria humanidade em sua jornada do Oriente ancestral para o jovem e petulante Ocidente que Jack Kerouac ajudou a definir.

Visões e revisões de Jack & Neal

Um perfil do extraordinário Neal Cassady, feito como prefácio da tradução de *Visões de Cody*, quando esse, que é tido como o melhor livro de Jack Kerouac, foi enfim lançado no Brasil.

– Sessenta e quatro mil, novecentos e vinte e oito!

Foram essas, reza (e conta) a lenda, as últimas palavras balbuciadas pelo espantoso Neal Cassady. Quem escutou o enigmático suspiro numérico foi um mirrado grupo de índios Tarahumara que passava ao lado da linha férrea, no ardente deserto mexicano, a quatro quilômetros da estação mais próxima, San Miguel de Allende, em Guanajuato, norte do México. Era a manhã de 4 de fevereiro de 1968 e os nativos evidentemente não alcançaram o significado dos algarismos que, junto com o último suspiro, derramaram-se da boca ressequida do gringo recoberto de poeira, tombado junto aos trilhos de olhos esbugalhados.

Se vivesse apenas quatro dias mais, Neal Cassady iria comemorar seu 42º aniversário. Mas quem pode dizer que foi pego de surpresa pela morte anunciada – e, menos ainda, que ela não havia chegado de forma inteiramente coerente com a trajetória do falecido? Cassady morreu drogado, sozinho, (relativamente) jovem, no (auto)exílio e à beira do caminho. Seu passamento viria a configurar também uma macabra profecia: ao largo da longa e tortuosa estrada de excessos dos anos 60, em breve seria fácil, corriqueiro até, avistar os despojos de incautos que deram tudo para emular a vida de Neal Cassady – mas que só se revelaram capazes de imitá-lo na morte despropositada...

O nobre selvagem da geração beat, o frenético e maníaco personagem de *On the Road*, o "herói secreto" do poema *Uivo*, de Allen Ginsberg, o *enfant terrible* por excelência, um coquetel explosivo de James Dean com Jack London, o vagabundo demencial, o sacrossanto hipster, o pai de todos hippies, o *prankster* original, o Quarto Pateta (fechando o quatrilho com Jack, Allen e Bill Burroughs), o patrono das armas da delinquência juvenil e da rebeldia sem causa nem calças, o motorista sem limites do Magic Bus de Ken Kesey (retratado por Tom Wolfe em *O teste do ácido do refresco elétrico*), o cowboy da meia-noite e de muitos quartos, Neal Cassady foi um desses personagens maiores do que a vida. Um genuíno herói americano, do tempo em que eles não precisavam vir da Áustria nem exterminarem o futuro.* Acima de tudo, o cerne, o foco, o fogo que arde nas páginas de *Visões de Cody*.

Nascido em Salt Lake City, em 8 de fevereiro de 1926, criado nos becos sem saída de Denver, no Colorado, por um pai alcoólatra, Neal Cassady passou a adolescência em reformatórios, lendo Nietzsche e histórias em quadrinhos (há quem diga que sem entender bem nenhum deles) e escrevendo longas, loucas cartas. Pelas vias transversas que sempre marcaram sua vida, tais cartas chegaram às mãos (e aos espíritos) de Allen Ginsberg e Jack Kerouac. E deflagraram uma revolução literária na América.

O vertiginoso estilo parentético de Neal, seu *stream of counciousness*, a torrente verbal sem pontos ou vírgulas, a sonoridade da prosa ecoando os cantos da rua desatolaram Kerouac do areal criativo onde ele se encontrava e o levaram a escrever, em delirantes três semanas, o clássico *On the Road – Pé na Estrada* – o livro que transformou Cassady

---

* Referência a Arnold Schwarzenegger, ator austríaco (com cidadania norte-americana), estrela da série *O Exterminador do Futuro*, que foi eleito governador da Califórnia em 2003 e reeleito em 2006. Ainda ocupava o cargo quando o texto acima foi escrito.

em personagem imortal... e o matou como escritor. A vida (e a incipiente obra) do homem que Kerouac batizou de Dean Moriarty lá e de Cody Pomeray aqui também inspiraria Ginsberg a criar um dos mais fulgurantes e sombrios poemas dos tempos modernos, *Uivo*.

A súbita fama tornou Neal Cassady prisioneiro da própria lenda. Mas ele ainda se mostraria capaz de incrementá-la ao partir com Ken Kesey (autor de *Um estranho no ninho*) numa longa louca viagem de ônibus e de ácido, de costa a costa, através da América. Em meio a tantas vertigens, Neal escreveu seu único livro, a parte inicial de uma autobiografia inconclusa, chamado *O primeiro terço* (os dois terços restantes partiram-se ao meio em muitos daqueles quartos). O texto remete a um pesadelo lisérgico vivido por Huckleberry Finn.

O fim da linha, e o fim das picadas, se precipitaria em Guanajuato, no México, naquela manhã de fevereiro de 1968 quando, após ingerir colossais doses de *pulque*, Cassady partiu, doidão e a pé, de Celaya, cidadezinha no meio de nada, até San Miguel de Allende, em meio a lugar nenhum, anunciando para sua jovem amante que iria "contar quantos dormentes" havia na linha férrea entre um vilarejo e o outro.

– Sessenta e quatro mil, novecentos e vinte e oito! – foi o que os Tarahumara escutaram o gringo agonizante balbuciar, antes que a insolação e a desolação o levassem a brincar noutros campos do Senhor.

A notícia demorou mais de semana para chegar aos ouvidos cheios de cera e ao cérebro já quase pifado do alcoólatra Kerouac, afundado no sofá, assistindo programas de auditório na TV da casa da mãe, em Saint Petersburg, Flórida, quase disforme de tão balofo, reacionário e ranzinza. Jack recusou-se a encarar a obviedade dos fatos. Pouco antes não havia Ken Kesey deixado sua van de portas abertas à beira de um penhasco em Big Sur para simular a própria morte? Quem sabe não fizera Neal o mesmo? Mas Cassady havia flertado com a morte tantas vezes que já era mais do que a hora de ambos concretizarem o caso... Ainda assim, Kerouac levou dias para se render à realidade.

Dezenove meses mais tarde, em 20 de outubro de 1969, Jack foi menos incisivo e, embora não quisesse ser internado, não ofereceu resistência no momento em que os enfermeiros chegaram para conduzi-lo ao hospital. *Mémère* – sua venerada mãe Gabrielle – o encontrara de joelhos ao lado da privada, vomitando sangue. Vinte e quatro horas mais tarde, após 26 transfusões de sangue, Jack morria de hemorragia no esôfago – a típica morte de um alcoólatra. Tom Sawyer e Huck Finn modernos tinham sido enfim engolidos pela torrente de seu Mississippi imaginário. Cassady aos 42 e Kerouac aos 47 anos de idade.

Mas ambos já haviam urdido a própria imortalidade nas páginas daquele que Kerouac julgava ser "o primeiro romance verdadeiramente moderno" – as *Visões de Cody*. Pena que, então, naquele crepúsculo da década que supostamente mudara o mundo e arrancara dos batentes as tais "portas da percepção", a obra permanecia inédita, embora já houvesse sido conspurcada por uma edição espúria e esquartejada. De qualquer sorte, ao redigi-la, dezoito anos antes, o próprio Kerouac profetizara que ela só seria "publicada daqui a vinte anos". E aqueles que tinham lido o original concordavam. Quem a lê hoje, meio século depois, eventualmente acha que talvez seja preciso esperar outros vinte.

Visões de Cody é o livro que transformou as palavras em entorpecentes. E são torrentes delas – repletas de sonoridade e significados, aliterações, onomatopeias, neologismos jorrando das páginas como se em rebelião, dispostas a implodir o argumento, desprezar o roteiro, estraçalhar a lógica (mas não assassinar a gramática) e ganhar vida própria, forjando uma realidade onírica, bruxuleante – mais que real. *Visões de Cody* constitui um fluxo de reminiscências que se assomam em flerte explícito com a hiper-realidade, num exercício extenuante de captura de memórias cada vez mais recônditas e detalhistas que acaba por confrontar o próprio papel da memória à medida que pulveriza, quase dissolve, a realidade em minúsculos íons de relembranças. *Visões de Cody* é *Em busca do tempo perdido* com duas gotas de mescalina no chá das cinco e marijuana no recheio das madeleines – ou melhor, do turbinado brownie.

E, sim, por certo: ainda há a gravação. O inconsciente capturado em fita cassete. A fusão de duas mentes dementes. A literatura testada aos limites: Jack e Neal conversando e enrolando (um) com o gravador de rolo rodando enquanto as palavras vão se tornando estilhaços de espelhos, fundindo-se e confundindo-se em mundos e fundos, em poços sem fundo, fungando em tom funesto, fundindo-se nas profundezas, à toa mas sem jamais buscar à tona. São memórias do subterrâneo em estado bruto. Underground é isso aí. Udrigrudi também.

O fato é que nunca antes ou depois a obra de Kerouac atingiu tal equilíbrio entre forma e conteúdo, entre a trama e a moldura, como na Parte 3 de *Visões de Cody* (conhecida como *the Frisco tapes* – as *basement tapes* da literatura beat). De certa forma, a prosa lembra os filmes de David Lynch: se você tentar entender, não vai entender nada; se não der a menor bola para o suposto sentido, vai ficar tudo muito claro.

Na verdade, embora haja trechos em que o livro de fato vire cinema falado, filmado de muitos ângulos e numa sucessão de *cut-ups*, closes e raríssimas panorâmicas (ao contrário da amplitude da tela de *Pé na estrada*), os paralelos mais estreitos devem ser traçados com a música, mais especificamente com o bebop. Muitas vezes o que importa é tão somente o *som*, não o significado formal das palavras. Repletos não só de anagramas, mas de anapestos e iambos – unidades métricas de poesia de sabor medieval –, muitos trechos fazem as frases soar como uma bailarina em busca do equilíbrio, saltando a cada sílaba tônica apenas para, como num passe de mágica, e sem passos em falso, revelar-se capaz de encontrar o rumo e o prumo na última delas, concedendo assim à frase um eco quase hipnótico que haverá de se repetir na sentença seguinte.

Kerouac sempre escreveu com o propósito de ser lido em voz alta – e com rapidez vertiginosa, como Neal falava. O próprio Jack se mostraria seu melhor leitor, e quem está familiarizado com os CDs lançados pela gravadora Word Beat sabe o quanto a prosódia turbinada de K é capaz de conceder vida nova a cada uma de suas obras. E nenhuma é mais sonora e ressonante que *Visões de Cody*, ao longo das quais a prosa ecoa e escoa feito o sax de Lester Young. *So, put it to press, Prez.*

Sendo assim, não parece haver maior sentido configurar as molduras "reais", o contexto histórico em que *Visões de Cody* foi gerado, sem cortes, do outono de 1951 ao inverno de 1952. Mas talvez seja relevante relembrar que, naqueles dias, *On the Road* ainda não havia sido publicado e Jack vivia envolto em fracasso e dor, com as dúvidas e as dívidas assomando-se por todos os lados, feito enchente. E, por amarga ironia, à medida que *On the Road* ia sendo recusado por uma editora após a outra, os demais integrantes da turma beat se aprumavam em direção ao sucesso.

Escrito basicamente a lápis, só às vezes na máquina de Carolyn Cassady, no sótão da casa que ela dividia com Neal e na qual Jack vivia de favor, *Cody* foi, muito propriamente, gestado ao som de um programa de bop (o de Pat Henry, detalham os biógrafos), que ia ao ar diariamente da meia-noite às seis da manhã numa estação de Denver. Mas, em seu cerne, o livro é tão elusivo que nada disso parece ter muito significado. É como se Jack, o rei dos andarilhos, enfim dissesse: "*Caminante, no hay camino – se hace...*".

Visões de Cody é uma sinuca literária: as palavras aqui rolam pelas páginas como bolas no pano verde – bólidos, nem sempre rumo à caçapa. E a bola da vez – sempre Cody/Neal – vai mudando de cor e de personalidade: convencido de que Cassady/Pomeray é o verdadeiro, o autêntico, quase o único e com certeza o último herói americano, Kerouac o identifica com Bat Masterson, Babe Ruth, Theodore Dreiser, W.C. Fields, Jelly Roll Morton e, acima de todos, com o próprio Lester Young. Parece seguir à risca a tradição e os conceitos propostos por Thomas Carlyle em seu perfil de *Heróis*. E assim como Neal/Cody caça a baleia branca e dialoga com o negro corvo, Duluoz/Kerouac identifica-se com Poe e Melville – sem deixar de flertar com Céline e Genet. Como Joyce e Beckett, também recorre ao monólogo interior disposto a escancarar o isolamento da mente.

Desnuda-se assim uma narrativa disposta a implodir o espaço e o tempo. Afinal, quem disse que a literatura tem que ser subserviente à lógica? Quem disse que uma história precisa ter início, meio e fim – e ainda por cima nessa ordem, mr. Jones? Mas, como se esgotado, Kerouac acaba por conceder e, no último parágrafo de *Cody*, comprime um dia inteiro, do "amanhecer na laguna azul" ao pôr do sol luzindo nos trilhos da linha férrea, transformando Cody Pomeray subitamente em um Leopold Bloom – bum! – e a periferia suburbana de Oakland transubstancia-se de imediato em Dublin.

Apesar das piscadelas com o cinema experimental, com Joyce e Céline e do namoro explícito com o jazz-bop, pode-se intuir também que Kerouac escreve aqui como Jackson Pollock em sua *action paiting*: vai refazendo cada nova camada da peça em tons progressivamente sombrios – até concluir que talvez seja preciso acrescentar sangue à receita... E, de fato, a sombra da morte paira ao longo de toda essa obra de celebração à vida *loca*.

Esse não é, portanto, um livro para incautos. Lê-lo do começo ao fim equivale a contar os dormentes da via férrea tremeluzindo sob o sol escaldante do deserto, doidão de *pulque*. "Sessenta e quatro mil, novecentos e vinte e oito!" Mas aqueles que conseguem completar tantas e tais enumerações e chegam ao fim da jornada saem dela revigorados – com a certeza de que Jack e Neal não morreram de graça. Ousaram imolar-se no altar de sacrossantas palavras, sendo capazes de transformar a própria vida – ou, ao menos, as deles – em uma avassaladora torrente literária pronta para fertilizar territórios eventualmente áridos e solitários da mente. Todavia, *Visões de Cody* é assombroso demais para ser gravado em uma lápide e extrapola também os limites de mero epitáfio. Assim sendo, o que se desvela é uma litania. Uma ladainha. Um mantra.

Mas se você achar que "amém" é forte demais, então apenas balbucie "*Ah, man...*". *A Dios.*

Adiós.

Na estrada da beatitude

Seguindo trilhas de Whitman e Thoreau, os beats percorreram as estradas da América orgulhosos por terem nascido no país que consideram a "pátria da vagabundagem".*

"Qual a sua estrada, homem? – a estrada do místico, a estrada do louco, a estrada do arco-íris, a estrada da droga, qualquer estrada... Há sempre uma estrada em algum lugar, para qualquer pessoa, em qualquer circunstância."

Neal Cassady

Visões da América. Refinarias fumegando sob estrelas opacas da noite industrial, água oleosa de rio poluído sem peixes refletindo o céu rubro do entardecer, longas retas de estradas desertas conduzindo em direção às montanhas purpúreas que muitas vezes pertencem a outros estados, imensos céus azuis cristalinos com nuvens brancas silenciosas pairando acima das macieiras carregadas, garota loira gorda de jeans montada num cavalo marrom no acostamento ensolarado à beira da estrada onde uma enorme jamanta vermelho metálico passa levantando poeira e agitando os tufos de capim do deserto escaldante; velhos restaurantes de beira de estrada com grelha gordurosa fritando hambúrgueres, e bacon, e ovos sob a luz azulada de neon na noite cálida do sul da Califórnia; ratos

* "Na estrada da beatitude" é um dos oito ensaios sobre a geração beat publicados no livro *Alma Beat*, lançado pela L&PM no inverno de 1984, com textos de Antonio Bivar, Claudio Willer, Leonardo Fróes, Pepe Escobar, Reinaldo Moraes e Roberto Muggiati.

percorrendo caminhos de terra nos fundos de um posto de gasolina onde cães assassinos rosnam por trás de cercas de arame farpado; vagabundos maltrapilhos tomando café numa lata junto a uma fogueira próxima aos trilhos do trem ao lado de um imenso silo amarelo de zinco; luzes e sirenes de viaturas policiais brilhando/zumbindo no silêncio morto da noite como se estivessem fugindo de algum crime inconfessável; um índio parado ao lado de uma máquina de fliperama numa estação rodoviária com o piso recoberto de tickets, baganas e saliva (provocando aquela melancolia que só mesmo as rodoviárias podem provocar), andarilhos desamparados de rosto fino e nariz aquilino cruzando e tornando a cruzar o país – para o sul no inverno, rumo ao norte no verão – carregando um pequeno pedaço de papel amassado com a imagem de Santa Teresa num dos bolsos da mochila. Policiais de óculos escuros e botas reluzentes e rosto macilento aguardando soturnos, sombrios e insondáveis em postos fronteiriços palitando os dentes no calor abafado do meio-dia; um grupo de migrantes mexicanos, pequenos e mirrados, prostrados à beira da estrada, com os olhos fixos e vazios, sob a chuva fina, perdidos na imensidão descolorida, sem ter para onde ir ou o que fazer...

Eis aí o que buscavam os beats em sua peregrinação: visões da América ao longo dos caminhos, estradas e trilhas. "Todas essas caronas, todo esse sacolejar ferroviário, todos esses regressos eternos à América!" Longas loucas cenas americanas que pareciam estar ali à espera desde sempre, à margem da superfreeway rasgando o coração industrial de alguma grande cidade da costa Leste, ou ao lado de extensas estradas de duas pistas cruzando desertos de areia e artemísia, ou nas trilhas secundárias e tortuosas por entre montanhas de picos nevados.

Um bando de garotos inquietos, universitários de saco cheio, intelectuais avessos aos gabinetes e seu imenso país continental com um apelo irresistível: "Toda aquela terra crua e rude se esparramando numa única, inacreditável e elevada vastidão até a Costa Oeste, e toda aquela estrada seguindo em frente, e todas as pessoas sonhando nessa imensidão enquanto a estrela do entardecer vai caindo e irradiando sua pálida cintilância sobre a pradaria..." profetizava Jack Kerouac no final nostálgico, melancólico de *On the Road*, ao pensar em Dean Moriarty, e também no velho Dean Moriarty (o pai que ele e Neal "Dean" Cassady jamais encontraram), ambos perdidos "na pavorosa imensidão da América...".

A estrada dos loucos

Jack Kerouac, como se sabe, não foi o mais estradeiro dos beats. Mas sem dúvida foi quem criou a mística literária da estrada e incorporou-a definitivamente à narrativa beat. Nunca chegou a viajar tanto quanto gostaria (ou quanto geralmente se imagina que tenha viajado). Além das rotas de *On the Road* (quatro grandes viagens entre julho de 1947 e abril de 1950, pelo vasto triângulo Nova York – San Francisco – Cidade do México, com constantes paradas em Denver, Colorado), houve poucas aventuras estradeiras na vida de Kerouac.

Mesmo antes de virar um barrigudo meio reacionário tomando cerveja e vendo TV na casa da mãe na Flórida, Jack já tinha abandonado as caronas. Até 1959, porém, continuava tomando velhos ônibus de segunda classe, ou utilizando seus passes ferroviários em pesados e escuros trens de carga (ou às vezes embarcando num cargueiro lerdo em direção ao Marrocos e à Europa). Esteve várias vezes na Califórnia e no México (onde escreveu *Doctor Sax*, *México City Blues*, *Tristessa* e *Anjos da desolação*). Em *Viajante solitário*, descreve sua "viagem épica" até lá, mais de três mil quilômetros num ônibus "que era uma lata velha, alto e frágil, com bancos de madeira e passageiros de poncho e chapéu de palha com suas cabras ou porcos ou galinhas, avançando aos trancos e solavancos por uma interminável estrada de terra com breves paradas para desentorpecer as pernas nas cabanas do deserto de Sonora onde grandes índias gordas cozinhavam tortillas em fogões de pedra enquanto eu aproveitava para fumar um baseado escondido nos fundos das estações rodoviárias, entre os cactos, acocorado no chão poeirento sob o sol abrasador".

Mas de carona *mesmo*, Kerouac fez apenas uma grande viagem: de Nova York a Denver, e a descreve em ínfimos detalhes nos capítulos 2 a 9 de *On the Road*. Aos 25 anos, de saco cheio da escola ("minha vida de vagabundagem pelo campus tinha completado seu ciclo e já não significava nada para mim"), recém-curado de "uma doença séria, da qual nem vale a pena falar" e com o "sentimento de que tudo estava morto", Jack encontrou-se pela primeira vez com o lendário Neal Cassady, de 21 anos, na época "um delinquente juvenil envolto em mistério" e que tinha larga experiência pelas estradas da América. Das conversações intermináveis pelos túneis, ruas, cais de Nova York, explode em Kerouac o desejo irresistível de finalmente cair na estrada. "Mais tarde ele (Neal) me abandonaria em sarjetas famintas e camas enfermas, mas o que me importava? Eu era um jovem escritor e tudo o que eu queria era cair fora. Em algum lugar, ao longo de estrada, eu sabia que haveria garotas, visões e tudo mais; em algum lugar a pérola me seria ofertada."

E assim, em julho de 1947, com cinquenta dólares no bolso, Kerouac caiu fora em direção à dourada Costa Oeste, a seis mil quilômetros de distância. E o que narra então faz bater os corações (estradeiros ou não) ainda hoje, trinta anos depois que o livro foi escrito e quase quarenta depois de suas cenas terem sido vividas.*

Em 1978, tive a sorte de fazer uma viagem de carona de Nova York a San Francisco (depois, é claro, de ter lido *On the Road* nos bancos amarelos ensolarados de um parque no outono azul de Porto Alegre, entusiasmado pela leitura que fizera, também num banco de praça, em Buenos Aires, da tradução espanhola, *En el camino*). A monumentalidade da prosa de Kerouac me envolveu como se tudo fosse um filme em três – ou mais – dimensões. Era tudo tão igual, tão real. Os arredores cinzentos desolados sob a névoa poluída da periferia de Nova York, prédios avermelhados de tijolos à vista com escadas de incêndio, trólebus rangendo na manhã desesperançada, o "insólito vazio fosforescente do túnel Lincoln" e o livro ali, no bolso do meu casaco militar ("*I touch your book and feel absurd*", disse Ginsberg, comprando imagens e seguindo Walt Whitman em um *Supermercado na Califórnia*, entre carnes de frigorífico, delícias congeladas, frutas de neon e bebês nos abacates...).

Depois de "meses delirando em cima de mapas", Jack concluiu que o melhor era seguir por uma única estrada ("aquela imensa linha vermelha") até Frisco. E se deu mal, como a absoluta maioria das pessoas que cai na estrada pela primeiríssima vez (oh, aquele trevo na saída de Florianópolis, oito horas de espera, a noite úmida, a chuva fina). Mas depois foi tudo uma sucessão de imensos e loucos caminhões com motores potentes roncando dentro da noite americana, caixeiros-viajantes com seus

---

* Divertido e intrigante ler a frase "trinta anos depois que o livro (*On the Road*, no caso) foi escrito e quase quarenta depois de suas cenas terem sido vividas", pois, como o presente ensaio foi redigido em 1984, e está sendo reeditado em 2019, o tempo que se passou desde então é equivalente ao que se passara entre sua publicação original e o lançamento de *On the Road*: 35 anos.

Fords e suas opiniões absurdas e conversas chatas ("um dos maiores tormentos de se viajar de carona é ter que falar com incontáveis pessoas, distraí-las, até que elas se convençam que não cometeram um erro ao ter te apanhado"), cowboys motorizados reacionários, sujeitos muito loucos em caminhonetes caindo aos pedaços com o painel coberto de mapas e barras de chocolate meio derretidas, loiras num cupê (com idade suficiente para serem sua mãe), tortas de maçã em bares de beira de estrada cheios de moscas com lento ventilador de hélice, ônibus Greyhound velozes ondulantes passando como num sonho em direção à cidade na qual você daria tudo para chegar.

E trechos como: "A maior carona da minha vida estava prestes a surgir, um caminhão com uma plataforma atrás, o motorista vinha recolhendo toda e qualquer alma solitária que encontrasse por aquela estrada". (Stop. Rewind. Remind. A maior carona da *minha* vida: periferia de Istambul – algo como Nova Iguaçu com minaretes, Osasco com mesquitas ou Cachoeirinha repleta de bazares turcos – chuva fina, dia gris – vento soprando na manta hindu lilás – cabelos úmidos, gola do casaco levantada junto ao pescoço, parado em frente a uma borracharia, à beira de uma estrada estreita e esburacada, o acostamento de terra sujo de graxa e cascas de frutas estranhas – um livro de Thoreau num bolso, uma harmônica no outro – de repente, o imenso caminhão verde-escuro range os pneus e para aos solavancos a uns cem metros de distância – corrida descabelada, mochila com 33 quilos às costas, uma dúzia de livros dentro – pé no estribo do caminhão; motorista loiro barbudo jovem sorridente, mãos enormes, pulsos grossos, costas largas, camiseta com botão antinuclear, cabeça feita – oh, man, demais: "Pra onde você tá indo?" "Pra Basileia, Suíça, mas só te levo até a fronteira com a Iugoslávia." "Legal, vamo nessa!" E lá fomos nós, e o caminhão, pra completar, tinha um gravador, e fitas de

Miles Davis e Doors – cruzando lentamente a Turquia e seus campos de papoula, para além das ruínas de Troia – entrando na Grécia e todos nós conversando sobre John Huston e Wim Wenders, e Plotino e Diógenes, o cínico – ganhei, é claro, a carona até onde queria ir, Veneza – a três mil e oitocentos quilômetros da periferia funesta de Istambul – cruzando as montanhas litorâneas recobertas de neve da Iugoslávia (era novembro) – avançando dia e noite – comendo em bares de caminhoneiros que vinham do Iraque – oh, a maior, mais vibrante e inesquecível carona da minha vida, com um americano chamado Michael, um australiano (Bill?) e Ron, motorista suíço que recolhia "toda e qualquer alma solitária naquela estrada desamparada".)

Bem, mas antes que seja tarde demais, o importante aqui é ressaltar o que a estrada significou dentro da ruptura que os beats provocaram no panorama até então europeizado da literatura norte-americana; os críticos (mesmo aqueles que desde o início perceberam a importância do grupo na inovação da linguagem literária deste lado do planeta) sempre consideraram que aquilo que realmente valeu no trabalho dos beats foi a forma "espontânea", o estilo novo com que eles descreveram sua "omnívora percepção dos fenômenos", nas ocasiões em que eram tomados por aquilo que Ferlinghetti chamou de "febre da observação" (e isso geralmente acontecia, não por acaso, quando eles estavam justamente na estrada).

Mas a estrada como a coisa em si, o ato de estar ou cair na estrada sempre foi visto como um fenômeno menor por aqueles que gostam de desvendar um pouco dos aspectos literários do riquíssimo universo beat. Pois bem, o que eu estou disposto a fazer neste texto um tanto desarticulado é justamente o oposto: uma Ode à Estrada Aberta, um cântico àquela permanência às vezes absurdamente longa nos acostamentos do asfalto; um elogio à vagabundagem à beira dos caminhos. Algo, aliás, que possui raízes bastante profundas na tradição de rebeldia norte-americana.

Antes de cavoucar nessas raízes históricas, porém, cabe terminar o papo sobre Kerouac e sua estrada. E, infelizmente, a conversa acaba de jeito melancólico (como o final de *On the Road* e de sua própria vida). A última grande viagem de Jack Kerouac pelos Estados Unidos foi no verão de 1960, para encontrar-se com Lawrence Ferlinghetti em San Francisco e tratar da publicação do seu *Book of Dreams* (*O livro dos sonhos*, lançado no Brasil pela L&PM). Em Chicago, apanhou o Califórnia Zephyr, um trem expresso, comprando uma cabine só para si, com sanduíches e café preparados por sua mãe Gabrielle, a Memère. Já bastante abatido pelo álcool, com úlcera estomacal, diarreia e problemas circulatórios, Kerouac não saiu da cabine por três dias e três noites. Imaginava como ficariam surpresos os garotos que agora liam *On the Road* ou *Vagabundos iluminados* se vissem o quão confortavelmente ele viajava. "Eles devem pensar que eu tenho eternos 26 anos, mantenho o rosto voltado pro vento e para a chuva, sempre escalando montanhas ou pedindo carona à beira das estradas. Sequer imaginam que tenho quase quarenta anos, moro com minha mãe, estou à beira de um colapso físico e mental", escreveu em *Big Sur*, um relato amargurado.

De todo modo, como a primeira parte deste texto se dedica à "estrada dos loucos", não dá pra deixar de falar em Neal Cassady. Filho de "um dos bêbados mais trôpegos da Larimer Street" de Denver, Neal passou a infância em becos imundos, esmolando nas esquinas das grandes avenidas e entregando a grana para o pai, que jazia atirado entre garrafas estilhaçadas, cobertores em farrapos em ruas estreitas sem saída na parte baixa do centro de Denver. Aos seis anos, depôs num tribunal para livrar o velho do xadrez. Segundo Kerouac, Neal era "o cara perfeito para a estrada, já que nasceu na estrada quando seus pais estavam passando por Salt Lake City, 1926, num calhambeque caindo aos pedaços".

Em 1943, depois de fugir de vários reformatórios, essa "nova espécie de Santo Americano" fez sua primeira grande viagem. E nas páginas de *On the Road* ele conta tudo: "Eu trabalhava na lavanderia Nova Era, em Los Angeles, aí falsifiquei meus papéis e fui até o autódromo de Indiana, que ficava a uns três mil quilômetros, com a determinação expressa de assistir à clássica corrida de Memorial Day, pedindo carona de dia e roubando carros à noite pra ganhar tempo". E depois: "No outono seguinte, aos dezessete anos, refiz o mesmo percurso para assistir o jogo entre Notre Dame e Califórnia em South Bend, Indiana – e tinha apenas a grana para entrada, nem um centavo a mais, e não comi absolutamente nada na ida e na volta, a não ser o pouco que consegui mendigar de todos os tipos de malucos com os quais ia cruzando pela estrada, e das putas também. Fui o único sujeito em todos os Estados Unidos da América que se sujeitou a tamanhas dificuldades somente para assistir a um jogo de baseball".

Mais tarde, Neal pôde percorrer com mais conforto (mas não menos demência) as estradas da América: conseguiu comprar alguns carros, como o lendário e flamante Hudson 49 de uma das viagens de *On the Road*, ou o Cadillac que ele e Jack foram pagos para levar de Denver a Chicago (e realmente levaram, só que o reduziram a escombros – "mais parecia uma bota enlameada do que uma limusine flamejante; pagara o preço da noite"), ou o velho Ford modelo 1937 com as portas amarradas por uma corda, no qual ambos viajaram para o México na primavera de 1950.

Maior motorista de todos os tempos ("Cody, como qualquer outro motorista que dirigia por aquelas estradas cheias de buracos e tremendamente perigosas, apoiava o cotovelo na janela e, mais do que ninguém, dava a impressão de sentir-se particularmente calmo, tranquilo e à vontade atrás do volante, com seu pescoço grosso, musculoso, erguido e eficiente – como são os pescoços dos grandes motoristas de ônibus – e era assim que eu o via enquanto olhava por cima de seu ombro para a estrada que à noite mostra apenas uma pequena parte de si mesma", escreveu Kerouac no sublime *Visões de Cody*, sendo que Cody Pomeroy, claro, é Neal Cassady e o livro, a obra suprema da prosa "espontânea" de Jack), Neal continuou na estrada mesmo depois que Kerouac careteou de vez.

Tornou-se chofer do ônibus mais alucinado de todos os tempos: o ônibus pintado com a bandeira dos Estados Unidos no qual viajavam o escritor Ken Kesey e seus Merry Pranksters, o embrião do conjunto Grateful Dead, dando concertos gratuitos e promovendo coloridíssimos happenings, nos quais aproveitavam para distribuir ácido para todos os participantes, graciosamente. A insólita experiência (fulminada pelo já baixo astral Ronald Reagan, então governador da Califórnia) foi narrada por Tom Wolfe, num livro antológico, *O teste do ácido do refresco elétrico.*

No dia 4 de fevereiro de 1968, pouco antes de completar 42 anos, Neal Cassady foi encontrado estendido à beira dos trilhos de trem, no deserto mexicano. Misturara (propositadamente?) uma dose descomunal de álcool e anfetaminas. Quando o encontraram, "era puro espírito já".

Uma morte de todo diferente daquela que, 76 anos antes, levara o maior poeta da América.

A estrada do arco-íris

Nascido em 31 de maio de 1819, descendente de lavradores ingleses e marinheiros holandeses, Walt Whitman morreu em março de 1892, solitário e tranquilo, em uma colônia em Nova Jersey. Havia crescido no Brooklyn, então uma pequena aldeia estabelecida em frente de Nova York, do outro lado do East River. Entre as rochas de sua ilha nativa, lia clássicos gregos, Shakespeare, Hegel, Cervantes, Dante e a Bíblia, sempre "na presença total da natureza, solitário sob o sol, em frente à paisagem ampla e o azul distante do mar". Desta maneira, cresceu disposto a levar uma vida aventureira. Foi professor numa escola primária, carpinteiro, tipógrafo, jornalista e enfermeiro. Mas, acima de tudo, aprendeu a amar a estrada: fez duas longas viagens a pé, a primeira até os Grandes Lagos na fronteira com o Canadá, a outra até Nova Orleans, ao sul. "Como Adão ao amanhecer/saio do bosque fortalecido pelo descanso noturno", escreveria num de seus poemas estradeiros.

Nenhum deles, porém, se compara ao *Canto da estrada aberta*:

> A pé e de coração leve
> Eu enveredo pela estrada aberta,
> Saudável, livre, com o mundo à minha frente,
> À minha frente o longo atalho pardo
> Levando-me aonde eu queria.
> [...]
> Ó estrada minha e de todos,
> O que posso lhe dizer
> É que não tenho medo de deixá-la,
> Por mais que a ame: você me expressa melhor
> Do que eu expresso a mim mesmo,
> Você há de ser para mim
> Mais que o meu poema.

Ao final do canto, traduzido por Geir Campos, Whitman adverte aqueles que pretendem segui-lo e fazer da estrada sua vocação:

> Eis como hão de ser os dias que se podem suceder:
> Você não acumulará riquezas, assim chamadas,

Distribuirá com mão pródiga
Tudo o que venha a adquirir ou ganhar,
Nem bem chegando à cidade à qual era destinado
Dificilmente se há de estabelecer
E ter alguma satisfação
Sem que ouça um apelo irresistível
A de novo partir [...]

Outro velho andarilho, contemporâneo de Whitman, está na raiz estradeira da América: o fauno, o *wildman* Henry David Thoreau, nascido em Concord, Massachusetts, (próxima da acinzentada e têxtil Lowell, de Kerouac) a 12 de junho de 1817. Aos 28 anos, abandonou a cidade e transferiu-se para o lago Walden, há uns poucos quilômetros de Concord, e lá construiu com as próprias mãos uma cabana, onde viveu durante dois anos, dois meses e dois dias, "para encurralar a vida a um canto e arrancar dela seu sentido mais íntimo". Antes, durante e depois da estadia em Walden, Thoreau realizou longas caminhadas e extensas excursões de canoa pelos rios límpidos da região. Deixou textos admiráveis, como o ensaio *Caminhando*:

"Desejo dizer uma palavra em nome da liberdade absoluta, em nome da natureza, em nome da amplidão, que contrastam tanto com a liberdade e a cultura opressivas da cidade. Em todo o decurso da minha vida só encontrei uma ou duas pessoas que compreendiam a arte de caminhar, isto é, de andar a pé – que tinham o gênio, por assim dizer, do *sauntering*, palavra esplendidamente derivada de "pessoas vadias que erravam pelo país, na Idade Média, sob o pretexto de irem a la Sainte Terre", até as crianças exclamarem "lá vai um Sainte-terrer", um *saunterer*. [...] Os que se deixam ficar em casa, quietos e calados, sempre e sempre, podem ser os maiores errantes, mas o *saunterer* não é mais errante que o rio sinuoso cujo propósito é encontrar o caminho mais curto para o mar. [...] Sou capaz de andar facilmente dez, quinze, vinte, qualquer número de milhas, começando da minha porta, sem parar em qualquer casa, sem atravessar uma estrada exceto nos trechos em que as próprias raposas e doninhas são obrigadas a fazê-lo e, do alto das colinas, posso ver a civilização e suas construções. O homem, seus negócios, a Igreja, o Estado, a escola, o comércio, a agricultura, a política – folgo em ver a insignificância do espaço que ocupam na paisagem. Ah, mas cada vez derrubam-se mais florestas, surgem novas cercas... temo o dia que há de chegar em que não poderemos caminhar pelas matas sem ter que cruzar por propriedades particulares."

Os beats amam Thoreau, e Kerouac – ao abandonar a Columbia University – parece ter tomado ao pé da letra uma das muitas frases antológicas deste ultrarrebelde: "Quanto mais ar e luz solar em nossos pensamentos, tanto melhor".

Mais tarde, o espírito estradeiro americano amplia o seu raio de ação com a marcha para oeste, depois capitalizada pelo chamado "Destino Manifesto": a expedição de Lewis e Clark em 1805, a corrida do ouro de 1849, na Califórnia e depois no Alasca, o massacre das tribos selvagens das Grandes Planícies abrem novos espaços para a colonização. Surgem as primeiras grandes estradas continentais americanas: a Bozeman Trail, a Parkman Trail, e os "fios que falam" do telégrafo dividindo o céu límpido da pradaria; as ferrovias do Leste e do Oeste se encontram afinal. O país está unido de costa a costa (apenas o México insiste em atrapalhar um pouco reivindicando a propriedade de seus antigos territórios, o Texas, o Novo México, o Colorado e a Califórnia – uma guerra rápida e fácil encerra a questiúncula). "*Pobre México, tan lejos de Dios, tan cerca de Norte América.*"

As novas estradas rapidamente se povoam de andarilhos, garimpeiros, ratos do deserto, aventureiros sem escrúpulos, jogadores, prostitutas, trapaceiros, xerifes corruptos, índios bêbados, pistoleiros imbatíveis, guias intrépidos, especuladores de terra, jornalistas abelhudos, militares obtusos ("Índio bom é índio morto"), religiosos beatos, vendedores de elixir, caçadores de peles e toda essa fauna impressionante que Hollywood reduziu a estereótipos medíocres – mas que, claro, existiram de fato e foram estradeiros de primeira.

Na virada do século, os velhos ratos mochileiros começaram a ser enxotados das cidades que ajudaram a fundar, "mas que se tornaram tão prósperas que já não precisavam mais de mochileiros", como disse K. Na segunda década do século, a agricultura altamente mecanizada, a concentração de terras e o capitalismo selvagem expulsam milhares de moradores de Oklahoma e demais estados do Meio-Oeste de suas propriedades. Eles partem para a Califórnia formando filas imensas pelas estradas. As fronteiras do estado são fechadas. Lá ninguém entra (pelo menos não sem grana). Muitos colhem algodão e maçãs em troca de um prato de comida.

Por mais indigna que seja uma época, sempre sobram homens íntegros nela: Woody Guthrie e Joe Hill são apenas dois exemplos. *Bound for Glory*, a emocionante autobiografia de Guthrie (em cujo violão estava inscrito à faca: "Esta máquina mata fascistas"), oferece um retrato bastante fiel deste período sombrio, quando o Oeste foi tomado por andarilhos, desempregados e marginais em geral, viajando sobre os trens de carga, enfrentando a fúria dos guarda-freios e dos fura-greves. Na mesma época, as garotas da indústria têxtil de Chicago entram em greve. Seu lema: "*We want bread. And roses too*". Várias foram assassinadas pela polícia. Uma tragédia americana, como tantas. A depressão de 1929 aumentou ainda mais a população de estradeiros americanos – a maioria, claro, sem muita convicção na nova atividade.

John Steinbeck, que se declarava "andarilho na alma", foi um dos escritores que penetrou no mundo desses vagabundos de beira de estrada, enxovalhados por um modelo econômico exclusivista. Criou clássicos admiráveis: *Ratos e homens*, *Boêmios errantes*, *A rua das ilusões perdidas* e a saga atormentada da família Joad em *As vinhas da ira*. Em *Viajando com Charley* Steinbeck diz:

"Quando eu era muito jovem e sentia o impulso intenso de estar em algum outro lugar, as pessoas mais velhas me garantiam que a maturidade haveria de curar tal anseio. Quando, com o passar dos anos, pude ser classificado como um homem amadurecido, o remédio prescrito foi a meia-idade. Então, depois dela, afirmaram que mais alguns anos abrandariam minha febre. Agora, aos 58 anos, talvez a senilidade possa dar um jeito. O fato é que nada funcionou. Os quatro apitos roucos da chaminé de um navio ainda deixam meus cabelos arrepiados. O ruído de um jato, um motor esquentando, o som do galope de um cavalo trazem de volta o antigo estremecimento. Em outras palavras: não melhorei nada. Uma vez vagabundo, sempre vagabundo. Receio que a doença seja incurável..."

Portanto (e isso sem citar os naturalistas, caminhantes e escritores John Muir e John Burroughs, o super ídolo beat Jack London, o desertor de navios baleeiros Herman Melville, o jornalista revolucionário John Reed, o implacável assassino de animais selvagens Ernest Hemingway e dezenas de outras estrelas norte-americanas com um pé ou uma gota de sangue na estrada), quando os beats arrombaram a cena literária na América, a estrada estava longe de ser uma novidade. Antes deles, porém, ela nunca fora tão importante no ato da criação artística. A não ser talvez, no Japão dos séculos XVI e XVII.

A estrada mística

Luas e sóis são viajantes da eternidade. Os anos que vêm e que vão são viajantes também. Aqueles que passam a vida a bordo de navios ou envelhecem montados a cavalo estão sempre em viagem, e seu lar é lá onde essas viagens os levam. Os homens de antigamente, muitos morreram pelos caminhos e a mim também, durante os últimos anos, a visão de uma nuvem solitária levada pelo vento me inspirou ideias contínuas de meter o pé na estrada [...] Os espíritos do caminho me fizeram inúmeros sinais, e eu descobri que não podia continuar trabalhando e tinha que partir...

Matsuo Bashô (1644-1694) foi o mais célebre dos poetas andarilhos do Japão, e autor do inigualável haicai sobre a rã que salta numa antiga cisterna, rompendo o silêncio e "causando uma profunda ressonância". No trecho acima, reproduzido de *Sendas de Oku*, o mais famoso de seus relatos de viagem, traduzido por Paulo Leminski, o venerável poeta fala nos "homens de antigamente", também estradeiros em busca de um satori (o súbito despertar), como ele.

Essa frase já é suficiente para comprovar que a estrada mística seguida por Gary Snyder, o budista beat da poesia norte-americana, não chega a ser propriamente uma novidade. Por outro lado, poucas vidas beats são tão inovadoras e límpidas como a de Snyder, poucas estradas tão luminosas e repletas de visões, revelações e espíritos mágicos. Ecologista, profundo conhecedor da ecologia tribal dos índios da América, lunático zen, Snyder traçou uma longa e serena trajetória pelas rotas de seu vasto país.

Jamais ficou à margem de freeways vorazes onde roncam os motores todos dos Estados Unidos: seu caminho foi trilhado entre as florestas do Noroeste, pelas montanhas ao redor de San Francisco ("velhas rotas percorridas por Jack London, há meio século"), nos vales soberbos de rios cristalinos fluindo murmurantes entre rochas recobertas de musgos e liquens e, por duas vezes, esse caminho levou-o ao Japão para o treinamento formal zen. Ao contrário das descrições kerouaquianas das periferias da América industrial, os poemas de Snyder transmitem outra vibração:

> Terminamos de abrir a última
> Parte da trilha lá pelo meio-dia
> Lá em cima, no topo do espinhaço
> Seiscentos metros acima da enseada
> Alcançamos a paisagem, e seguimos
> Além do bosque de pinheiros brancos,
> No ar puro e fresco,
> Comemos truta fria e frita
> Sob sombras cintilantes
> Uma região de gamos gordos
> E eles vieram até nosso acampamento
> Na sua própria trilha
> Eu segui a minha até aqui
> Dez mil anos.

Depois de ter seguido uma estrada bastante semelhante à de Kerouac (provavelmente por influência de seu amante fortuito Neal Cassady), Allen Ginsberg teve o que chamou de "iluminação auditiva de Blake". Deu então uma guinada em direção à estrada mística de Snyder, e ela o levaria a fazer uma viagem de dezoito meses pela Índia e outros países do Oriente, bem como a aproximar-se bastante do zen-budismo. Em busca da iluminação, porém, o maior poeta beat não se limitou a seguir apenas esse caminho.

A estrada da droga

Na verdade, Allen Ginsberg figura entre os beats mais estradeiros. Sua vida e obra estão repletas de poemas, trechos & visões da estrada. O antológico *Longo poema destes estados*, por exemplo, foi escrito segundo ele próprio "num fluxo onírico autoconsciente de carros ônibus aviões, pelas estradas destes estados". Seus diários narram também passagens por quase todos os países do mundo. E antes da fama Ginsberg costumava pegar muitas caronas pelos Estados Unidos.

E viajar com a cabeça feita sempre foi uma de suas predileções. Por isso, sempre curtiu as drogas da estrada: haxixe no Marrocos, ópio na Índia, peyote e cogumelos no México, maconha em qualquer lugar, yage no Peru, ácido na Grã-Bretanha e daí para fora.

Seguindo os passos do mais drogado de todos os beats, William Burroughs, Ginsberg esteve no Peru em 1963 em busca do yage, o poderoso cipó alucinógeno dos índios do alto Amazonas, chamado de ayahuasca ou Santo Daime no Brasil. A correspondência alucinada que os dois mantiveram foi publicada pela L&PM na coleção Alma Beat. Ela mostra os sacrifícios que Burroughs era capaz de fazer pela sensação de experimentar um novo barato. Na sua alma – beat, sem dúvida –, Burroughs não é exatamente o que se pode chamar de estradeiro. Mas em busca das drogas (com preço barato e qualidade acima de suspeitas) e de sexo (homossexual), passou boa parte de seus jovens anos girando pelo planeta: fixou residência no México e no Marrocos, onde obtinha ambos com facilidade. Seus livros, porém, falam muito mais de suas estações no inferno do que dos caminhos que percorria para penetrar nelas...

Qualquer estrada

Não faz sentido finalizar esse breve ensaio sem mencionar Lawrence Ferlinghetti e Gregory Corso – dois estradeiros de primeira. Com uma infância terrível passada em orfanatos e reformatórios, a adolescência na prisão e a juventude sem um níquel, Corso decidiu trilhar qualquer estrada que surgisse à sua frente. E para ter uma ideia de quão delirante foram seus caminhos pelas estradas norte--americanas, basta dar uma olhadinha neste poema, que se chama *Poetas pedindo carona à beira da estrada*:

Claro que eu tentei lhe dizer
Mas ele virou a cara
        Sem sequer desculpar-se
Eu lhe disse que o céu persegue
        o sol
e ele sorriu e disse:
        "Sim, e daí?"
Eu me sentia como um demônio
        Outra vez
Por isso disse: "Mas o oceano persegue
        Os peixes."
Desta vez ele riu
        E disse: "Suponho que
            os morangos foram empurrados para uma
                                        montanha."
Depois disso vi que a
        Guerra estava declarada...
Então lutamos:
Ele disse: "A carroça das maçãs como um
                                Anjo numa vassoura
                                    racha & lasca
                        velhos tamancos holandeses".
Eu disse: "O relâmpago vai cair no velho carvalho
                                E libertar a fumaça!".
Ele disse: "Rua louca sem nome."
Eu disse: "Assassino careca! Assassino careca!
                                    Assassino careca!"
Ele disse, perdendo a cabeça de uma vez por todas,
        "Fogões! Gasolina! Divã!"
Eu, sorrindo, disse apenas:
        "Sei que Deus voltaria sua cabeça

Caso eu me sentasse calado e pensasse."
Acabamos evaporando
Com ódio do ar!

Essa amostra permite ter uma ideia de como são as demenciais viagens de Corso pelas estradas infindáveis desse vasto mundo, pois o poeta de fato esteve muitas vezes na Europa e outras tantas na África.

E quanto ao velho e bom Lawrence Ferlinghetti?

Pois, como "Dean Moriarty", Ferlinghetti também nasceu na estrada, "em algum lugar entre Paris e Nova York", semanas depois da morte de seu pai. E quem nasce nestas condições, não permite que as chamas das longas jornadas se apaguem jamais. Um bom exemplo das estadias estradeiras de Ferlinghetti – repletas de homens-sanduíche, banhistas antiquados, mulheres de Sarolla e centenas de imagens nitidamente surrealistas – é o livrinho *The Mexican Night*, editado pela New Directions, que conta sua viagem pelo México e seu próprio "labirinto da solidão".

Labirinto no qual Jack Kerouac – que certa vez escreveu: "A América é a pátria da vagabundagem" – parece ter se perdido nos últimos anos de sua vida, quando deixou de lado o que muitos beats não desistiram de fazer até o último dia: "Observar o perpassar veloz das estradas e trilhos e trilhas, percorrendo a América real com o coração irreal...".

O eterno retorno de Paul Bowles

Um dos mais elusivos escritores norte-americanos, autoexilado no Marrocos, só ficou famoso depois de septuagenário. O texto abaixo foi escrito em 1994, um dia depois de Paul Bowles completar 84 anos.

De todas as figuras enigmáticas que povoam a literatura norte-americana do século XX, o escritor, compositor e expatriado Paul Bowles talvez seja a mais elusiva e requintadamente paradoxal. Quatro décadas depois de terem sido escritos, seus romances e contos ainda conservam a capacidade de chocar, seja pela violência subliminar, seja pela naturalidade constrangedora com que abordam temas tabu, em clima quase sempre onírico, eventualmente exótico ou "selvagem". Paul Bowles, ele próprio, no entanto, a julgar pelas vezes em que se deixa fotografar, mantém a aparência de um dândi conservador e as maneiras de um professor de latim.

Como residente permanente do Marrocos [onde viveu cinquenta anos, de 1947 até sua morte em 1997], sempre manteve profunda relação com a cultura do país, tanto em sua vida como em seu trabalho. Mas insiste em dizer que nenhum ocidental pode de fato penetrar na mentalidade árabe e que ele mesmo ainda não entendeu "quase nada" daquele mundo. Embora aclamado por sua ficção, insinua também que sua obra musical, quase intangível, é mais "importante" do que a literária.

Paul Bowles, o errático, fez 84 anos no último dia de 1994. Ele próprio e o mundo literário festejaram a data com entusiasmo. Nos Estados Unidos, suas cartas, suas fotografias e uma coletânea de entrevistas concedidas entre 1952 e 1990 foram lançadas para marcar a efeméride. Na França, seu texto acompanha as fotos sublimes que Jellel Gastelli fez para captar a mitológica Tânger dos anos 50 – a Tânger de Bowles! Tido como um *outcast*, um marginal e um eremita, ele parece, de repente, ter se tornado um *insider*, quase um socialite, um autor definitivamente na moda. A impressão é superficial e fugaz. Na essência, Paul Bowles se mantém inatingível.

Bowles voltou literalmente à cena quando Bernardo Bertolucci dirigiu, em 1990, *O céu que nos protege*, baseado no primeiro (e principal) livro de sua intrigante obra literária, e no qual ele próprio faz uma ponta. Os temas mais caros a Bowles – a insatisfação e a inconstância de seus personagens, sua ambiguidade sexual, sua fuga permanente para uma África remota, quando não perigosa e hostil, seu repúdio ao mundo ocidental e anglo-saxão, o fascínio pelas drogas e pelos excessos – continuam todos atuais, quase meio século depois dele tê-los explorado com sutileza e requinte. Paul Bowles "existencializou" (no sentido sartriano da palavra) tessituras góticas, presentes na literatura norte-americana desde Edgar Allan Poe. O toque de gênio foi ter incorporado à trama os vazios inquietantes do Saara. Com efeito, de todas as metáforas da obra de Bowles, nenhuma é mais constante, precisa e necessária do que o silêncio do deserto, tão opressivo e prenhe de significados.

Foi Paul Bowles que tornou Tânger a capital beat por excelência. William Burroughs só foi dar com os costados lá por causa dele – e Allen Ginsberg, Jack Kerouac e Gregory Corso não fizeram mais do que seguir o mestre. Quando Bowles lançou sua autobiografia, em 1972, decidiu chamá-la *Without Stopping* (Sem Parar) e esse, claro, revelou-se um título mais que perfeito. "Passei minha vida inteira escondendo alguma coisa de alguém. Acabei, eu mesmo, sendo incapaz de achá-la", disse ele certa vez. Pois o faro infalível dos leitores encarregou-se de encontrar para ele.

O velho new journalism

Os perfis de Truman Capote, Tom Wolfe e Norman Mailer, pais fundadores do estilo literário que concedeu aos textos de não ficção as técnicas antes aplicadas apenas na ficção.

Quando nasceu o new journalism? Pois o new journalism pode muito bem ter nascido em 16 de novembro de 1959, no instante em que o escritor (e eventualmente jornalista) Truman Capote abriu o *New York Times*, à hora do desjejum (no caso dele, em torno de uma da tarde), em seu elegante apartamento em Brooklyn Heights, e deparou com uma pequena notícia, perdida em meio à página 39, cujo título dizia: "Fazendeiro rico e sua família são barbaramente assassinados". Acontecera em Holcomb, uma cidadezinha fincada nos confins varridos pelos ventos do Kansas, no dia anterior. O lead: "Um bem-sucedido plantador de trigo, sua mulher e os dois filhos foram assassinados com tiros à queima-roupa, depois de terem sido amarrados e amordaçados".

O parágrafo, lacônico, espartano, quase indiferente, vincou profundamente Capote – na época, com 35 anos, já o autor consagrado de *Outras vozes, outros lugares* e *Bonequinha de luxo*, figura fulgurante do jet set. Seis anos, mais de duzentos depoimentos e quatro mil páginas datilografadas depois, ele estava pronto para lançar, com soberba e empáfia, *A sangue frio*, o livro que desafiadoramente batizaria como "o primeiro romance de não ficção da história".

Mas o new journalism pode ter nascido também em 20 de abril de 1963, quando Tom Wolfe, então repórter do *New York Herald Tribune*, enviou, depois de passar a noite inteira datilografando-o loucamente, aquilo que ele próprio chamou de "um simples memorando", destinado ao diretor da revista *Esquire*, e cuja primeira frase – *"lá vem (Vruuum! Vruuum!) essa caranga aerodinâmica envenenada (Rahghh!) fosforescente (Thphhhhh!) fazendo a curva (Brummmmmmmmmmmmm!)"* – é considerada, por assim dizer, o "faça-se a luz" do new journalism. Mais tarde, o artigo virou livro, *The Kandy-Kolored Tangerine-Flake Streamline Baby*, e o "novo jornalismo" estava transformado em evidência inarredável.

Mas também é justo afirmar que o new journalism se materializou pela primeira vez em setembro de 1957, quando Norman Mailer publicou, nas páginas do *Village Voice* – jornal que ajudara a fundar em 1955 –, um longo, sombrio, sinuoso ensaio, *The White Negro*, sobre a rebelião dos jovens marginais norte-americanos (inspirada pela geração beat). Era intelectualizado demais, reflexivo demais – mas pelo menos conspurcava e desavergonhadamente arranhava, no tema e no estilo, o verniz acadêmico do gênero ("o ensaio"). Mailer saíra às ruas e entrevistara os garotos que rebatizou de "brancos negros", de "humanistas radicais", os quais, julgava ele à época, poderiam liderar "a revolução". O tema era "novo", o estilo era audacioso, mas seria "jornalismo"?

Os anos passaram – o novo jornalismo tornou-se velho (cronológica, não estilisticamente) –, Truman Capote, Tom Wolfe e Norman Mailer consagraram-se como autores tão grandiosos quanto os próprios egos e, no fim das contas, ficou mais ou menos estabelecido que quem inventara o tal new journalism fora mesmo Tom Wolfe com sua "baby aerodinâmica cristalizada como um floco cor de tangerina". Todos concordaram – menos Tom Wolfe, é claro. Para ele, o "novo jornalismo" era tão velho quanto a prosa de Daniel Defoe, ou a de Balzac, Dickens e Mark Twain. Se alguém redescobrira o estilo, as honras então cabiam a Gay Talese e a seu artigo sobre o boxeador Joe Louis, publicado pela *Esquire* no outono de 1962. O ego de Wolfe é monumental, mas sua disposição de permanecer *gauche* e eternamente do contra é ainda maior.

O que vem a ser new journalism? Pois bem: trata-se, pura e simplesmente, da aplicação das técnicas ficcionais a textos de não ficção. Seu objetivo, na definição do próprio Wolfe – avalizada pelos companheiros/concorrentes –, é descrever a realidade tão detalhada e fielmente quanto possível, conferindo a tal descrição um tratamento até então destinado exclusivamente ao romance ou ao conto. Isso, e mais: descobriu-se que um artigo jornalístico podia – deveria, na verdade – recorrer a todos os artifícios literários (diálogos, monólogos interiores, teorizações ensaísticas), simultaneamente e dentro de um espaço breve, capturando o leitor, emocional e intelectualmente. Nada mal. Mas bem difícil de concretizar.

Onde nasceu o new journalism? *A sangue frio* foi publicado em capítulos pela revista *New Yorker*, antes de virar livro. Antes de virar livro, *The Kandy-Kolored...* foi publicado em capítulos pela revista *Esquire*. O mesmo se passou com *The White Negro*, que, antes de ser incluído numa coletânea de ensaios de Mailer, foi publicado pelo semanário *The Village Voice*. Ou seja, o new journalism nasceu no seio do jornalismo – porém em revistas ou em jornais alternativos. Um tanto distante da grande imprensa, portanto.

E por que nasceu o novo jornalismo? Porque a literatura americana da virada dos anos 60 se revelou incapaz de acompanhar as vertiginosas mudanças culturais e comportamentais da nação. E a nação queria um novo texto, um novo estilo, um novo... jornalismo. Saul Bellow, John Updike, Philip Roth tremeram na base com a chegada dos "novos bárbaros", que de imediato lhes roubaram a cena.

Respondidas as perguntas básicas e elementares do velho jornalismo – "quando, onde e por quê?" – é hora de saber "quem" lançou os alicerces do estilo que mudou o jeito de contar a história, e "como" isso foi feito.

O sangue quente de Capote

Truman Capote foi o Marcel Proust da era pós-macarthista, o Flaubert dos loucos anos pop, um artífice da palavra, condenado a viver na época em que a palavra estava sendo maculada, humilhada e ofendida, virada pelo avesso, travestida pelo avanço desmedido da publicidade, pela voracidade da mídia, pela própria futilidade dos discursos vazios da política e da comezinha vida cotidiana. Truman Capote foi um estilista meticuloso que nasceu atrasado mas se dispôs a registrar, com requinte e minúcia, a crônica das décadas que Tom Wolfe chamou de "púrpuras": os anos 60 e 70. Foi um jet setter que amou e odiou o jet set, embora soubesse – ou talvez por isso mesmo – que jamais poderia viver sem jantares suntuosos, festas de arromba, cruzeiros a bordo de iates, *villas* à beira-mar. Truman Capote mordeu a mão que o alimentava e escreveu uma crônica doentiamente raivosa sobre o jet set. Truman Capote nunca foi exatamente um jornalista, mas mudaria para sempre a história do jornalismo ao redigir *A sangue frio*, seu "romance de não ficção".

Ele estava submerso numa crise profissional quando abriu o *New York Times* naquela histórica manhã de 16 de novembro de 1959 e deparou com a notícia da morte da família Clutter, no longínquo, impensável, quase mitológico Kansas – "tão remoto quanto a lua". Depois de convencer William Shawn, o diretor da *New Yorker*, de que valeria a pena enviá-lo para Holcomb – o vilarejo onde o crime ocorrera – e também de dizer ao homem que "simplesmente" não encontrava um fim para o artigo de quarenta páginas que estava escrevendo sobre Moscou, Capote embarcou num trem rumo ao Meio-Oeste. Sua viagem resultaria, seis anos mais tarde, num dos mais profundos e perfeitos documentos da América dos anos 60. Muito mais do que isso: Capote foi capaz de dissecar até os limites impostos pela literatura, pela sanidade e pela própria realidade, os meandros da vileza humana e os desatinos do destino.

O domínio emocional de Truman Capote sobre o material verdadeiramente avassalador que ele foi capaz de colher em Holcomb (mais de duzentos depoimentos, duas cartas por semana durante cinco anos de correspondência ininterrupta com os dois assassinos, entrevistas com policiais, vizinhos, psiquiatras, agentes penitenciários, parentes de matadores e mortos), seu distanciamento engajado, sua precisão descritiva, sua acuidade psicológica, seu estilo jornalisticamente irretocável e literariamente refinado, o ritmo de sua prosa, a pulsação a um só tempo frenética e contida da história, suas reflexões sobre a gratuidade de um crime brutal, o peso devastador da mão do destino tal como Capote capturou-o – dando-lhe a forma na trajetória convergente dos assassinados e dos assassinos numa noite sem estrelas nas lonjuras desoladas do Kansas –, tudo isso fez de *A sangue frio* um clássico eterno.

Quando o livro enfim foi publicado, em janeiro de 1966 – poucas semanas depois do enforcamento dos assassinos, Perry Smith e Dick Hickock, na penitenciária estadual do Kansas –, a máquina da mídia (revistas, TV, jornais e rádio) tornou-se uma banda gigante a ressoar uma só melodia: Truman Capote, Truman Capote. Inimigos e desafetos saíram à caça de supostas incorreções – ou "licenças poéticas" – num livro que Capote anunciara como "rigorosamente documental". Mais: num livro que batizara acintosamente de "o primeiro romance de não ficção da história".

Mesmo que houvesse deslizes factuais – e não havia: os candidatos a detratores do livro só conseguiram descobrir que o cavalo da filha de Clutter não tinha sido vendido "a um forasteiro", mas a um fazendeiro da região –, *A sangue frio* já seria um dos mais admiráveis relatos da tragédia americana. Ao se revelar irretocavelmente exato depois de submetido a tantos repórteres transformados em detectores de mentiras, tornou-se um livro alquímico, capaz de transfigurar a realidade e desnudá-la em toda a sua – para sempre sua – inexorabilidade insondável e brutalidade gratuita.

Tom Wolfe no ônibus dos insensatos

Tom Wolfe é o Andy Warhol das letras. Ele incorporou as latas de sopa Campbell, as cintilâncias do neon, o tilintar do dinheiro fácil, o colorido faiscante do imaginário pop – Marilyns Monroes borradas, James Deans silhuetados, a pélvis balançante de Elvis – ao vocabulário contemporâneo e ao mundo fugaz (a partir dele apreendido e capturado mesmo em sua futilidade fugidia) do jornalismo diário – ou melhor, do "novo jornalismo" diário.

Tom Wolfe inaugurou uma nova época e fez luzir em tons mais hipnóticos o sol nas bancas de revistas. Tom Wolfe não teve preguiça para nos mostrar quem lê tanta notícia. Ou pelo menos por que as lê. Tom Wolfe é o Frank Lloyd Wright da arquitetura verbal. Seus projetos foram sempre mais ousados, mais surpreendentes – e mais utilitários – do que os dos concorrentes. Tom Wolfe é um ladrão de casaca, sacando ideias mais rapidamente do que os presentes e usurpando da realidade os temas e os tons que, na mão de jornalistas comuns, se tornariam comuns e tediosos como eles próprios e, nas mãos de Wolfe, transformaram-se em histórias tão exemplarmente elucidativas como se fossem parábolas bíblicas. Tom Wolfe é o pai fundador de uma nova religião – cínica e excludente como o próprio coração da América.

Tom Wolfe transformou a América numa imensa, inesgotável pauta para seu "novo jornalismo". Ao descobrir, no verão de 1967, que o país estava sendo percorrido pela mais alucinada das caravanas, pelos argonautas do delírio, por ciganos lisérgicos reunidos sob o manto protetor do escritor Ken Kesey, Tom Wolfe decidiu seguir-lhes a trilha e devastar-lhes a utopia. O resultado materializou-se naquele que muitos consideram o melhor livro de Wolfe antes da comédia humana nova-iorquina que é *A fogueira das vaidades. O teste do ácido do refresco elétrico* é o mais implacável retrato da era hippie, o mais sarcástico e o mais corrosivo, ainda que muitas de suas páginas sejam perpassadas por uma sutil complacência (talvez um disfarce para a autopiedade de Wolfe, extensiva à humanidade).

O estilo caleidoscópico, vertiginoso, relampejante de Tom Wolfe adaptou-se com perfeição à demencial odisseia liderada por Ken Kesey e seu ônibus dos insensatos. *O teste do ácido do refresco elétrico* foi lançado no Brasil em fins de 1993. Passou despercebido. Vendeu pouco, foi quase ignorado pelos jornais e precisa ser garimpado nas livrarias por leitores dispostos a transpor-lhe as fronteiras. Trata-se de um livro quase operístico, despretensiosamente épico, burlesco, redigido em pequenos estilhaços de prosa sempre incontida e com o texto tropeçando numa vertente de adjetivos que, de forma incompreensível, Wolfe consegue manter não apenas a seu serviço, mas a serviço da clareza e do prazer do leitor.

A saga de Ken Kesey prescindia de um cronista tão admirável. Era alucinante por si só. Kesey, ele mesmo um grande escritor – autor de *Sometimes a Great Notion* e do clássico *Um estranho no ninho* –, era um doidão convicto e ativista. Foi preso, fugiu para o México e voltou para os Estados Unidos a tempo de desfrutar do boom do psicodelismo. Desfrutar, não: deflagrá-lo. Kesey pintou um velho ônibus escolar de 1939 com as cores mais berrantes que o espectro poderia lhe oferecer, arrebanhou o bando mais demencial que pôde juntar, convidou Neal Cassady (o lendário Dean Moriarty de *On the Road*) para dirigir aquela banheira sobre rodas e o grupo de rock Grateful Dead para fazer a trilha sonora ao vivo. Kesey sentia-se engajado numa guerra santa: embeber a América em LSD. *And take no prisioners.*

Batizado Further ("Adiante" ou "Em frente" em tradução livre), o ex-ônibus escolar passou a conduzir outra espécie de professores e alunos: foi levado a rodar pelas estradas da Califórnia, no verão de 1964, parando em cidadezinhas, montando seu circo de som e luz – longos, loucos concertos gratuitos do Dead – para que os sacerdotes Kesey e Cassady e seus coroinhas do ácido pudessem distribuir LSD para quem quisesse. E para quem não quisesse também.

Tom Wolfe perdeu boa parte da viagem. Recuperou-a com entrevistas, cartas, consultas a filmes e fitas. Conquistou a simpatia de Kesey – algo virtualmente impensável. Pegou umas caronas no ônibus antes que ele fosse definitivamente banido, junto com o próprio LSD (até então legal), pela administração Reagan – na época esse sujeito era governador da Califórnia. Com o material que tinha nas mãos, Wolfe delineou um painel dolorosamente melancólico da "nova sociedade" que a garotada de Kesey julgava estar forjando. O ônibus nos é apresentado como palco de uma tragicomédia que repete o que o "mundo exterior" tinha de pior. Um microcosmo megalomaníaco e competitivo da América, embebido em ácido e cercado pelo coturno reluzente dos tiras por todos os lados.

Quando o ônibus de Ken Kesey se revelou apenas uma *bad trip,* Tom Wolfe já estava longe, diagnosticando, com o mesmo rigor cubista, alguma outra doença da América.

Norman Mailer espiona a CIA

Norman Mailer é o Cassius Clay da literatura americana, sempre decidido a vencer por nocaute e inclinado a bater sem piedade, mas com técnica e elegância. Ele nunca quis ser o Mike Tyson, cara! As frases de Mailer distribuem uma sequência avassaladora de jabs nos ângulos mais impertinentes do texto e uns quatro ou cinco diretos definitivos partem na busca incessante do *plot* exato e do ritmo correto da prosa. Mailer pega no fígado da literatura molenga. Norman Mailer é o Ernest Hemingway da era do napalm e do isopor. Sua escrita é máscula, tabagista, confessional, egocêntrica, competitiva, agressiva, neurótica, devassa, inconformista e parece estar, às vezes, exausta e incuravelmente neurótica. De qualquer forma, sempre dá um jeito de deixar o hospital sem ter recebido alta e voltar às ruas para circular por onde os anjos temem ser vistos. Norman Mailer é um garanhão: cercas não podem contê-lo. Rédeas e selas tampouco.

Não é só o texto de Mailer que se apresenta de maneira descaramente heterossexual, narcisista e competitiva. O próprio homem é assim. Por isso, ele entrou cedo na perseguição incessante do "tema perfeito", da pauta exata na hora e na busca do tom inatacável – os elementos que perpassam e definem a eterna competição entre os jornalistas norte-americanos dispostos a definir o espírito da época e a cara medonha do país. Quem terá ido mais longe do que ele no cumprimento dessa tarefa?

Norman Mailer narrou a corrida à Lua em pinceladas rápidas e cínicas, sem deixar o encantamento de lado (quase duas décadas antes de Tom Wolfe compor *Os eleitos*). Tornou a brutalidade do boxe um espetáculo de requinte gótico. Biografou Marilyn Monroe com a devoção exigida pelo grande sonho molhado da América. Revisitou o Vietnã com sua câmera detalhista e cruel. Acompanhou a efervescência política da década de 60 com o olhar cético e meticuloso do caçador comprometido apenas com a queda da presa. Penetrou na mente de um assassino com o mesmo e espantoso rigor de Truman Capote (ainda que o tenha feito duas décadas depois), em *A canção do carrasco.* Desafiou John Kennedy. Ficou milionário, obeso, famoso, intratável.

Em 1994, antes de contar o "evangelho segundo Jesus Cristo" [seu último livro publicado em vida, em 1997 – depois viria o póstumo *O castelo na floresta*, sobre a infância de Hitler, lançado só em 2007], Norman Mailer apontou sua carabina verbal de cano cerrado, acostumada a abater muitos elefantes, em direção à mastodôntica CIA, sua tromba enxerida, seus tentáculos e sua viscosidade pegajosa. Pela alça de mira de Mailer vislumbramos *O fantasma da prostituta – Um romance da CIA.* Trata-se de uma água-forte, impressa em tintas ácidas, feita para macular o papel e as reputações. É um livro tipicamente Mailer: espaçoso, loquaz, irado, imprudente, vesicatório. O velho Norman segue suas normas e nos transporta para a época da Guerra Fria – a Baía dos Porcos, as contrarrevoluções exportadas para a América Latina, África e Ásia, a corrida armamentista, o poder militar instalado no coração da Casa Branca, a inescrupulosidade e hipocrisia da democracia americana – só para nos lembrar que a besta sobrevive e que daqueles anos para cá nada mudou tanto assim. Ou talvez ele o tenha feito de forma tão eloquente, vitoriosa e épica (são mais de 1.300 páginas) apenas para deixar claro que ele próprio também não mudou tanto assim: continua sendo o grande, o arrogante, o inigualável, o único Norman Mailer.

A morte do yippie que virou yuppie

Jerry Rubin, o líder estudantil que foi parar em em Wall Street, morreu atropelado cinco anos após o suicídio de Abbie Hoffman, seu camarada de luta. Eles foram Caim e Abel da Era de Aquarius.

Jerry Rubin foi um profeta de seu tempo e de sua geração. Não o profeta armado, barbudo e revolucionário que ele próprio – e os que acreditaram nele – julgava ser. Não o arauto de uma nova época de um ecumenismo digamos um tanto neolítico: um tempo tribal e ritualístico, a era dourada de retorno ao comunismo primitivo, um período pré-monetário. Jerry Rubin, que agora está morto, foi o homem que decretou – nas ações mais do que nas palavras – a derrocada do sonho hippie e sua transformação em ostensiva e ostentatória realidade yuppie. Foi o sujeito que simbolizou, na forma de um suposto sucesso pessoal, o fracasso dos anseios de toda uma geração. Foi o retrato do homem que se tornou aquilo que queria mudar. Um Dorian Gray às avessas.

Jerry Rubin foi um Che Guevara norte-americano e judeu – só que não tombou em combate. Jerry Rubin foi Daniel Cohn-Bendit mais cabeludo, mais drogado e mais agressivo. Jerry Rubin foi um dos "sete de Chicago", foi "herói" de um livro de Norman Mailer. E acabou virando o Caim de uma Bíblia apócrifa cujo o Abel foi Abbie Hoffman – que agora também está morto. Jerry Rubin e Abbie Hoffman foram os primeiros yippies, fundadores do Yip, o Youth Internacional Party (ou Partido Internacional da Juventude), criado e desfeito no mitológico ano de 1968 e cujo "programa de governo" previa "a abolição do dinheiro, do pagamento de aluguéis e do pagamento pela alimentação" e sugeria que "as pessoas deviam transar o tempo todo, em qualquer hora, com quem quisessem". Jerry Rubin e Abbie Hoffman foram, portanto, os pais fundadores da rebelião da flor.

Jerry Rubin tentou fazer levitar o Pentágono, tumultuou a convenção democrata de 1968, em Chicago, liderou (sempre ao lado de Abbie Hoffman) a grande revolta estudantil americana de 1967 e 1968. Jerry Rubin liberou geral. Aí, foi preso, julgado, condenado e, a seguir, absolvido. E, então, sumiu. Depois, reapareceu.

Ao reaparecer, no final dos anos 70, Jerry Rubin havia mudado. Tornou-se o porta-voz dos yuppies, amante da grana, almofadinha de terno Armani, de abotoaduras, gravata Hèrmes e caneta Montblanc. Trocou o antipsiquiatra David Cooper pelo teste de Cooper, a maconha pelo Gatorade, a tenda indígena por um apartamento na 56th Street, quase esquina com a Park Avenue, o sol na cara por um banho de luz ultravioleta. Vivia bronzeado, cheiroso e em forma, circulando por Wall Street, antes de se mudar para a costa do sol, na Califórnia. Ganhava dinheiro organizando "festas de solteiros" (trinta dólares por cabeça) no Palladium, a discoteca "da hora" em Nova York, e com palestras nas quais enfrentava, ferina e cinicamente, o ex-amigo Abbie Hoffman – cuja silhueta, os cabelos e a barba de Neanderthal eram a prova viva de que, ao contrário de Rubin, ele seguia "acreditando". Abbie Hoffman foi o Fidel Castro norte-americano e judeu – só que tombou em combate.

Entrevistei Abbie Hoffman e Jerry Rubin, com intervalo de apenas uma semana, em Nova York, em outubro de 1985. Foram experiências inesquecíveis – e escancaradamente reveladoras. Encontrei Hoffman no Roosevelt Hotel, numa convenção sobre "vida alternativa". Quando cheguei, ele perguntou, na lata: "Onde está o baseado?". Quando respondi que não tinha, ele sorriu com mofa: "Então você vem entrevistar Abbie Hoffman e não *traz* um baseado?". Como punição pelo descaso afrontoso, e em troca da entrevista, ordenou que eu pagasse as cinco cervejas Heineken que consumiu em pouco mais de uma hora. Valeu cada gota.

Abbie se revelou um safado beatífico, com um senso de humor judaico corrosivo. Ou não tinha nenhuma autoestima ou tinha a maior autoestima do mundo, pois fez dezenas de piadas sobre si mesmo e sua "decadência". Foi irônico, debochado, mordaz – mas, de alguma forma, parecia deprimido. Saí do hotel bêbado de suas palavras e das cervejas.

Sete dias e uma eternidade depois, encontrei Rubin em seu apartamento de mais de um milhão de dólares perto do Central Park. Quando cheguei, ele perguntou, na lata: "Onde está a grana?". Sim, fui entrevistar Jerry Rubin e, é claro, levei os 150 dólares que ele cobrou adiantados por uma hora de conversa. Como estava saindo para fazer jogging, preferiu falar enquanto corria. Valeu cada gota de suor.

Jerry se revelou um cínico egocêntrico, com um senso de humor judaico corrosivo. Ou tinha a maior autoestima do mundo ou fazia muito bem o papel, pois referiu-se a si mesmo virtualmente a cada passada de uma corrida de cinco quilômetros pelo Central Park. Foi irônico, debochado, mordaz – mas, de alguma forma, parecia menos feliz do que o gordo e alcoolizado Hoffman. Saí do parque tonto da corrida e do perfume francês.

De qualquer maneira, ficou claro que Jerry Rubin e Abbie Hoffman não se "odiavam" tanto assim, que seus ruidosos debates em universidades dos Estados Unidos eram, acima de tudo, uma boa fonte de renda para ambos. Afinal, sujeitos como eles, que, ao serem julgados pelo crime de "complô contra a nação", em Chicago, em 1968, compareciam ao tribunal vestindo togas e dizendo que quem verdadeiramente estava no banco dos réus eram seus juízes e "uma sociedade decadente e corrupta" e não eles, que estavam ali para derrubá-la, não poderiam mesmo virar inimigos de verdade. "Porcos da política e do Judiciário: seus dias estão contados. Somos a Segunda Revolução Americana. Venceremos. Yippie!", clamavam Rubin e Hoffman no tribunal, antes de dizerem qualquer outra coisa.

Abbie Hoffman suicidou-se em 12 de abril de 1989, aos 52 anos, numa cidadezinha insignificante da Pennsylvania, depois de ingerir 150 comprimidos de fenobarbital em grandes goles de uísque. Jerry Rubin chorou no enterro. Mas como é vida que segue, em 1991 ele se mudou para Los Angeles, onde lançou uma bebida nutritiva chamada *Wow*, à base de ginseng e geleia real. Quem a vendia era Bobby Seale, o fundador dos Panteras Negras.

No dia 14 de novembro de 1994, Jerry Rubin foi atropelado enquanto fazia jogging na movimentadísisma Wilshire Boulevard, em Los Angeles, quase em frente ao seu apartamento de cobertura. Morreu no hospital duas semanas depois, aos 56 anos.

Se Abbie Hoffman e Jerry Rubin de fato foram o Che e o Fidel da malfadada revolução hippie, seu fim não foi menos melancólico do que de seus barbudos colegas latinos.